蘭臺國學研究叢刊 第一輯 8

國文文法纂要

吳祥熊 著

LITERARY TIMES
蘭臺出版社

總序

夫國學者，一國固有之學術思想也；此乃民族精神之所基，國家靈魂之所依，文化命脈之所寄。吾泱泱中華之所以卓然傲立於世數千載，端賴於此道統思想薪火相傳，燈燈無盡，代代傳衍，不絕如縷。故四大文明古國，獨中國存世於今，此誠世界文明之奇蹟，亦吾國歷代知識份子之功也。然自清末列強交侵，民初之「五四運動」以來，西潮如浪，澎湃洶湧，傳統之學術思想受到極大的衝擊，頗有「經書緒亂，書缺簡脫，禮壞樂崩」之勢。

中國自上古時代起即有史官記事之傳統，綿歷於今數千年不衰；歷代知識份子亦皆有傳承道統思想之自覺。傳統學術思想之傳承，有賴於斯。更切要者，乃在中國傳統之學術思想與人生關係密切，無一不可於日常生活中確實篤行，且隨其歲月歷練淺深之不同，而有不同之感悟，如張潮於《幽夢影》中所言：「少年讀書，如隙中窺月；中年讀書，如庭中觀月；老年讀書，如臺上玩月，皆以閱歷之淺深，為所得之淺深耳。」此乃吾國學術思想之特色和引人入勝處，亦是與西方之純哲學與人生決無關涉所不同者。

於今物質勃發，人心飄搖無著之際，中國哲學當有所裨益於世，所謂「求其放心」，進而能「為天地立心，為生民立命；為往聖繼絕學，為萬世開太平」。更有甚者，在於一國之復興，必先待國學之復興；一國之強盛，必先待國學之強盛！未見一國之富強而國學不興盛者。國學興盛，民族精神方有基礎，國家靈魂方有依憑，文化命脈方有寄託。

蘭臺於此時出版「蘭臺國學研究叢刊」，除傳承固有之國學命脈，亦是為故國招魂，更深信東方哲學是本世紀人類文化的出路，在舊傳統裡尋找新智慧，將大有益於世。希冀此叢刊的出版，能收「雲蒸霧散，興化致理，鴻猷克贊」之效。

蘭臺出版社

編著大意

本編供高中以上國文科補充教材及研讀古書者自修參考之用。

本編採擷馬眉叔氏以來各家述作之菁華參以己意，將各種詞句分別論述，并舉例說明，條理力求清晰，文字力求簡要，使讀者易於了解。

本編引例以經史諸子及唐宋各家之文爲主兼採詩歌辭賦之句，其有用字特異者間亦列入，以廣見聞。

本編引例均註明出處以便讀者查閱。

本編各章節間互有關聯時，均註明請參閱某某章節字樣，冀收融會貫通之效。

編著者識：民國四十四年十月於

省立嘉義女子中學

趙序

往者釋詞之文，有汪中《述學》之〈釋三九〉，劉師培推衍汪說，有〈虛數不可實指之例〉，刊入《古書疑義舉例補》。其列爲專書者，爲劉淇《助字辨略》，王引之《經傳釋詞》等，均爲解釋虛字之專著。旨在實字易曉，虛字難通，闡發其義，詳徵博引，足爲研讀古書者之助。至於詞類之區分，詞位之安排，詞句之組織，不僅以虛字爲主，且兼寫讀之用者，厥以馬建忠《馬氏文通》開其端，允爲我國初典之創製。惟當時學者，狃于舊習不談文章之理則，務以習用爲當然，實則不知其所以然，難字不能免於舛誤矣。胡適之〈改良文學芻議〉，別舉八事，其三曰：「須講求文法。」又曰：「不講文法，是爲不通。」第欲講文法必先明字詞類、詞位，而後可言詞句之組織，文章之結構。吳君祥熊爲績學之士，執教於省立嘉義女中，課餘編《國文文法纂要》，首列緒言，次列詞位、詞類，殿以句法計十有二章。竊以繼《馬氏文通》而作者不乏其人，而此編述義簡要，舉例詳明，助字一章，敷陳用法，其於古人用詞，亦有不適于今者，亦爲舉明。青年學子，苟人手一編，不但于寫作有所規範，對於閱讀古書，亦大有裨益。慨夫今日國文水準低落，爲整理文化遺產，自宜研讀古書。古書不易讀，固不僅虛字爲然，必也辨別詞類，明察詞位，進而深究詞性之運用，同一字也，易地而其義有別，先後而其用不同，知乎字此方可暢讀古書，閱讀與寫作，本爲一體。吳君裒經史百家之詞句，董以文章理則，條分縷析，綱舉目張，誠爲寫讀兼用之作也。

乙未仲夏趙吉士讀識時同客諸羅（民國四十四年）

序

爲恭祝

家父吳公祥熊教師九秩雙慶，特將其舊日著作中，選出字數較少者—《國文文法纂要》一卷，交由蘭臺出版社出版印行，以分贈親友、門生及曾服務之學校圖書館作爲紀念。蒙 家父允諾，得以稍盡寸草之心。謹序

承慶子 吳家淦

女 吳煥如 鞠躬

女 吳慧如

國文文法纂要原書稿照片

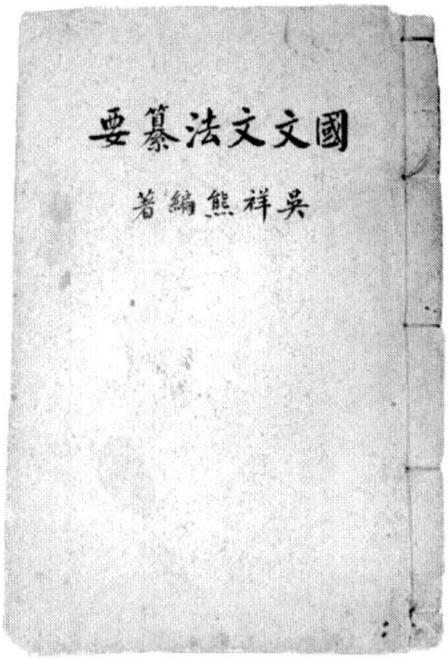

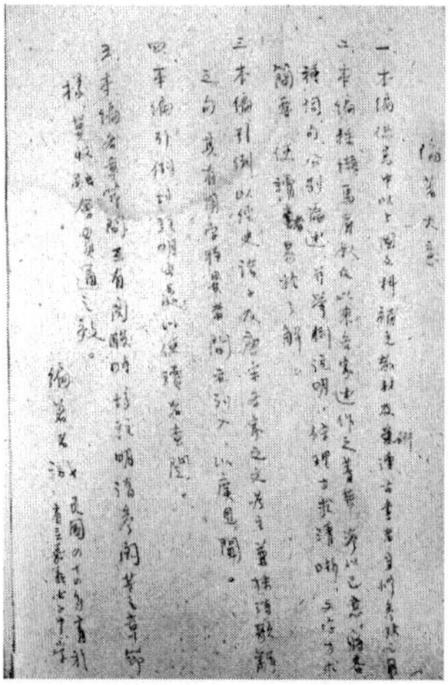

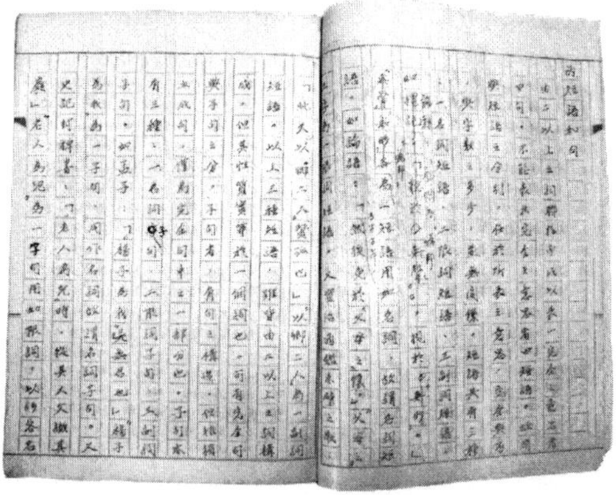

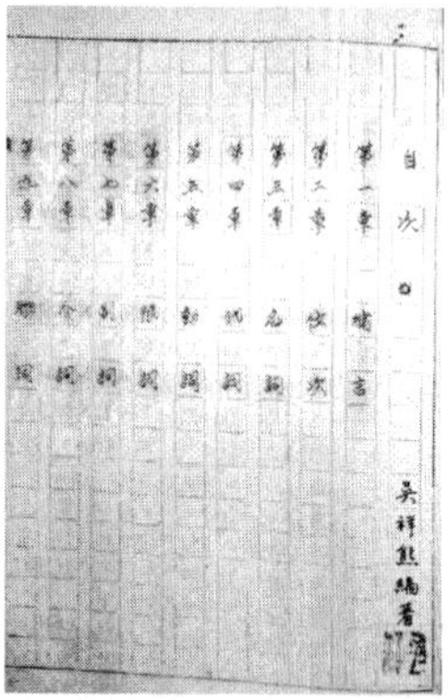

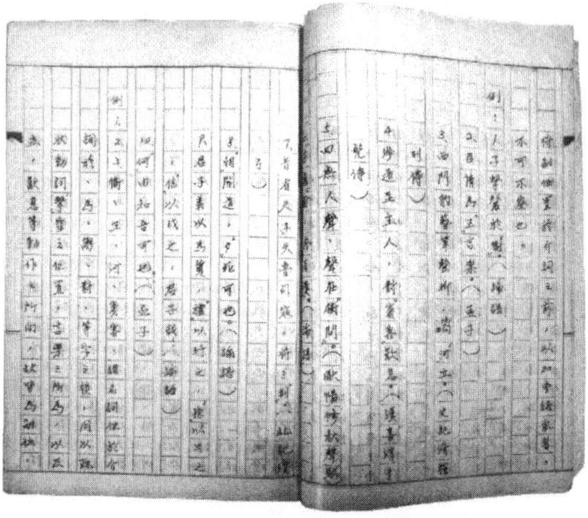

目錄

第一章　緒言

（甲）文法之重要

文法者，所以論述文字之理法者也。國文文法，古無專書，清季馬建忠氏，始著文通，然當時學者，多鑽研於樸學小學，其於逐字之部分類別，與夫詞、語、句、讀相配而成之義，不求甚解。與之言文法，則曰：「此貴乎神而明之，未可以言傳也。」迨至晚近，師生傳授，仍多習於故常，就書衍說，即書中偶有講述文法之處，亦多不予重視。夫文字乃表達思想之方術，其運用之方法，是否得當；發表之思想，是否正確；以及所描述之事物，是否神寄而情宣；皆必取資於文法以裁度矯正之。苟昧於此，則下筆遣詞，往往乖謬錯誤，易致詬病。如《黃氏日鈔》：「蘇子由古史改《史記》，多有不當，如〈樗里子傳〉：《史記》曰：『母，韓女也。樗里子滑稽多智。』古史曰：『母，韓女也；滑稽多智。』似以母爲滑稽矣，然則樗里子三字其可省乎？」此乃文法上之錯誤，主詞樗里子必不可省也。故初學者對於文法，務須細加研究，日久自能得心應手，臻於辭達之境焉。

（乙）詞之種類

詞有單詞與複詞之分。以獨音獨形表單純之意思者曰單詞，如文、書、花、鳥等是。合二字以上表單純或複雜之意思者曰複詞：如蜈蚣、玫瑰、手足、詩歌、躑躅、蹉跎、崎嶇等是。泰西文法，詞類有八，曰名詞、代詞、動詞、限詞、副詞、介詞、聯詞、歎詞。案諸國文，亦多相似。惟句首之「逝」、「薄」、「云」、「爰」、「言」，語末之「之」、「乎」、「也」、「矣」、「哉」。只爲語助，別無意義，此則西文所無也。玆就詞之性質與功能，加以區分，共得九類，亦可併爲伍種：一、表寔體者（名詞，代詞）曰實體詞。二、表作用者（動詞）曰述說詞。三、表性狀者（限詞、副詞）曰區別詞。四、表關係者，（聯詞、介詞）曰關係詞。五、表語調者（助詞、歎詞）曰寄聲詞。詞類雖可區分，但某詞屬於何類，純因其與他詞之關係而定。故同一詞也，因其用法而有不同之性質，誠以「一」字爲例，如陶潛〈桃花源記〉：「林盡水源，便得『一』山」此「一」字爲限詞。又《孟子》：「天下惡乎定；吾對曰：『定於『一』』」此「一」字則爲名詞。又〈長恨歌〉：「回頭『一』笑百媚生，六宮粉黛無顏色！」此「一」字則爲副詞。又《孟子》：「孰能『一』之」則又用作動詞。又劉楨〈贈從弟詩〉：「風聲『一』何盛，松枝『一』何勁」則又用爲助詞矣。詞之性質，既因用法而有種種變化，故初學者對於詞性之辨認，務宜注意。

（丙）短語和句

由二以上之詞聯接而成以表一完全之意思者曰句。不能表出完全之意思者曰短語。故句與短語之分別，在於所表之意思，完全與否，與字數之多少，並無關係。短語共有三種：一、名詞短語、二、限詞短語、三、副詞短語。如《論語》：「顏淵問『爲』邦」「爲邦」爲一短語用如名詞，故謂名詞短語。如《論語》：「子生三年，然後免於『父母之』懷。」「父母之」三字爲一限詞短語。又《資治通鑑》赤壁之戰：「此天『以卿二人』贊孤也」「以卿二人」爲一副詞短語。以上三種短語，雖皆由二以上之詞構成，但其性質實等於一個詞也。句有完全句與子句之分。子句者，有句之構造，但非獨立成句，僅爲完全句中之一部分也。子句亦有三種：一、名詞子句，二、限詞子句，三、副詞子句。如《孟子》：「『楊子爲我』是無君也」「楊子爲我」爲一子句，用作名詞故謂名詞子句。又《史記．封禪書》：「『老人爲兒』時，從其大父識其處」「老人爲兒」爲一子句用如限詞，以形容名詞「時」字，故謂限詞子句。又《孟子》：「始作俑者，其無後乎，爲其象人而用之也」「其象人而用之」則爲一副詞子句矣。完全句之分類方法有二：（一）從語氣上區分可得一決定句，二、疑問句，三、驚歎句，四、祈使句等四種。（二）從組織上區分，則有單句與複句之別。複句又可分爲一、平列複句。二、連珠複句。三、主從複句。四、參亙複句。五、包孕複句。六、綜合複句等六種。各種句式均將於第十二章句法中詳論之。茲暫從略。

第二章 位次

名詞或代詞以其在句中所居之位置不同而有位之分別，馬氏謂之次即英文所謂Case是也。可分為七種：1主位。2賓位。3補位。4領位。5副位。6同位。7呼位。茲分述之。

一、主位——名詞或代詞在一句之中其為動作之所自出或為動詞敘述之主體者曰主位。

例：1.「孟懿子」問教。（《論語》）

2.「女」聞六言六蔽矣乎？（《論語》）

3.「海燕」雙棲玳瑁梁。（沈銓期詩）

4.「百里奚」虞人也。（《孟子》）

5.「民」為貴。（《孟子》）

例1.問之動作出自孟懿子，例2.聞之動作出自代詞女。例3.棲之動作出自海燕。故孟懿子、女、海燕皆為主位。例4.百里奚與例。5.民為動詞「是」與「為」所敘述之主體

（例4．動詞是字省）故亦為主位。

二、**賓位**—名詞或代詞在一句之中其為主動詞動作之所及者曰賓位。如句中之主動詞為贈、報、餽、賞、賜、遺、貽等字表示人與人之間事物之交接則常帶雙賓位。其屬於被交接之事物謂之正賓位，屬於接受事物之人謂之次賓位。

例：1．僧敲月下「門」。（賈島詩）

2．晉人伐「邢」，齊垣公將救之。（《韓非子．說林上》）

3．新沐者必彈「冠」，新浴者必振「衣」。（《史記．屈原列傳》）

4．貽「爾」新「詩文」。（劉楨〈贈五官中郎將詩〉）

5．楚王賜「晏子」「酒」。（《晏子春秋》）

6．君餽「之」「粟」。（《孟子》）

7．贈「之」以「勺藥」。（《詩．溱洧》）

8．報「之」以「瓊瑤」。（《詩．木瓜》）

例1. 敲之動作出於僧，故僧爲主位，敲之動作必有所及，若問敲何物則曰敲門，故門爲賓位。例2. 動詞「伐」，「救」等之動作亦必有所及。若問伐何國？曰伐邢。若問救何人？曰救邢。（「之」爲代詞所以避重複也）。故「邢」「之」俱爲賓位。例3. 彈之動作及於冠。振之動作及於衣，故「冠」「衣」俱爲賓位。例4、5、6主動詞均爲表人與人之間事物之交接。如詩文，酒、粟、勺藥、瓊瑤等均爲被交接之事物，故爲正賓位，爾、晏子、之等爲接受事物之人，故爲次賓位。例7、8正賓位之前加一介詞「以」字，似爲副位。然此乃賓位之變式。仍直接受動詞報、贈等動作之射及，不失其正賓位之效能，不可視爲副位也。

三、補位——名詞或代詞位於不完全外動詞或不完全內動詞或同動詞之後，用作補足詞者曰補位。補足詞以其所補足之對象不同，而有主詞補位與賓詞補位之分。凡同動詞與不完全內動詞所帶之補足詞，其爲說明主詞之性質，形態，種類、或表亦受自身動作之影響者曰主詞補位。凡不完全外動詞所帶之補足詞，爲表示賓詞受外動詞影響而起之某種變化，而補足詞與賓詞又原爲同物者，曰賓詞補位。

例：1. 奴如「飛絮」，郎如「流水」。（秦觀〈望海潮〉）

2. 非「我」也，「兵」也。（《孟子》）

3. 斯乃「上蔡布衣」。（《史記・李斯列傳》）

4. 臭腐復化爲「神奇」，神奇復化爲「臭腐」。（《莊子・知北遊》）

5. 天下合爲「一家」。（《史記・叔孫通列傳》）

6. 王勃然變乎「色」。（《孟子》）

7. 謂其台曰「靈台」，謂其沼曰「靈沼」。（《孟子》）

8. 以仲子爲「巨擘」。（《孟子》）

9. 斬木爲「兵」，揭竿爲「旗」。（賈誼〈過秦論〉）

10. 陸生卒，拜尉陀爲「南越王」。（漢書〈陸賈傳〉）

11. 張袂成「帷」，揮汗成「雨」。（《晏子春秋》）

12. 故鄉人號之「駝」。（柳宗元〈郭橐駝傳〉）

例：1、2、3如、非、乃皆同動詞，飛絮、流水、我、兵、上蔡布衣，爲說明主詞，奴、郎、者、斯之形態，性質，故皆爲主詞補位，（例2完全句式應爲殺人者非我也，兵也殺人者三字省）例4、5、6化爲、合爲、變、俱爲不完全內動詞。神奇、臭腐、一家、色，皆爲說明主詞受自身動作影響之結果，故亦爲主詞補位。例7、8「謂」、「以」、爲不完全外動詞。「曰」，「爲」、爲同動詞，變爲散動。靈台、靈沼、巨擘，乃表示賓詞，台、沼、仲子，所受動詞影響而起之變化。故爲賓詞補位。例9、10、11斬、揭、拜、張、揮、本爲外動詞，以其與爲、成、等字連合，則被視爲不完全外動詞。兵、旗、南越王、帷、雨爲表示賓詞，木、竿、尉陀、袂、汗，所受動詞影響而起之變化，故亦爲賓詞補位。而台與靈台，沼與靈沼，袂與帷，汗與雨、俱爲同物，仲子與巨擘，南越王與陀亦同一人也，例12「駝」亦爲賓詞補位其前省一「曰」字與例7同。

四、領位—凡名詞與名詞或代詞與名詞之間有一介詞爲之連接，前者即含有所有及形容後者之作用，此種位於前面名詞或代詞謂之領位。其介詞雖多用「之」字。但往往省略，亦間有用「其」用「斯」者。

例：1.「由」之瑟，奚入於「丘」之門。（《論語》）

2.朝飲「木蘭」之墜露兮，夕餐「秋菊」之落英。（屈原《離騷》）

3.「燕」人畔。（《孟子》）

4.董仲舒推「春秋」義，頗著文焉。（《史記・十二諸侯年表序》）

5.「朕」其弟，小子封。（《書經・康誥》）

6.「成康」其隆也，刑錯四十餘年。（《史記・主父偃列傳》）

7.螽「斯」羽，詵詵兮。（《詩經・周南》）

8.如「跂」斯翼，如「矢」斯棘，如「鳥」斯革，如「翬」斯飛。（《詩・斯干》）

例：1、2由丘，木蘭，秋菊、等名詞因介詞「之」字之相連，用以領有及形容後者瑟、門、露、英、等名詞，故爲領位。例3、4本爲燕之人，春秋之義，但「之」字省略，故燕與春秋、仍爲領位。例5、6「其」即「之」也。《左傳・隱公五年》：「鳥獸之肉，不登於俎」，譯文「『之』本一作其。」故朕、成康，皆爲領位。例7、8「斯」亦「之」也。讀之當如「之」。陳奐疏：「斯語詞，螽斯羽與麟之趾句法相同」故螽、跂、矢、鳥、翬，亦爲領位。

五、副位——凡位於介詞後（間有倒裝於前）之名詞與代詞，其爲介詞所司，用以疏狀動詞者曰副位。惟介詞中「以」、「之」等字有其特殊之用法，如本章第二節賓位例7、8「以」字後之名詞，俱爲正賓位。第四節領位例中「之」字前之名代諸詞，爲領位。「之」字後之名代諸詞，馬氏謂之正次，均非副位也。而副位前之介詞亦有省略之者，惟以省略故，副位得緊接動詞，致易誤爲賓位者；有移至句首，易誤爲主位者；亦有將副位置於介詞之前，以加重語氣者，不可不察也。

例：1. 子擊磬於「衛」。（《論語》）

2. 臣請爲「王」言樂。（《孟子》）

3. 西門豹簪筆磬折，嚮「河」立。（《史記・滑稽列傳》）

4. 涉還至主人，對「賓客」歎息。（《漢書・游俠髮傳》）

5. 四無人聲，聲在「樹間」。（歐陽修〈秋聲賦〉）

6. 子適「衛」，冉有僕。（《論語》）

7. 昔者夫子失魯司寇，將之「荆」。（《禮記・檀弓》）

8. 「朝」聞道，「夕」死可也。（《論語》）

9. 君子義以爲質，「禮」以行之，「孫」以出之，「信」以成之，君子哉！（《論語》）

10. 「何」由知吾可也？（《孟子》）

例1、2、3，衛、王、河、賓客，諸名詞位於介詞於、爲、嚮、對，等字之後，用以疏狀動詞「擊」之位置，言樂之所爲，以及立、歎息等動作之所向，故皆爲副位，例5、6、7，樹間、衛、荆等名詞前省介詞於字，致緊接於動詞之後，頗似賓位，但適、在、之等俱爲內動詞，其後名詞並未受其動作之影響或射及，故仍爲副位。例8、9、10，朝、夕、禮、孫、信、何等字位於句首，易誤爲主位，實乃副位，而其所以移至首句者，乃以之加重語氣也。如例子：「朝聞道，夕死可也。」可改爲「聞道於朝、死於夕可也。」則易明瞭。朝、夕，爲極短之時間，移至句首，以加重形容其向道之心切。例9可以改爲「君子以義爲質，以禮引之，以孫出之，以信感之。」（以義爲質之義字爲賓位因此「以」字爲不完全外動詞也）國文中介詞「以」字之賓詞常先置，如論語：「君子『學』以致其道。」諸葛亮〈前出師表〉：「親賢臣，遠小人，此前漢『所』以興隆也。」皆是。例10亦可改爲「由何知吾可也」。「何」爲疑問代詞，提至句首，所以加重疑問之語氣也。

六、同位——名詞或代詞在同一位次而寔爲同體者曰同位。其同位之兩詞，有「本名」與「加名」之別。《馬氏文通》曰：「謂之加詞者，蓋以『本名』乃諸名所加之本也。」其次序前後無定，惟須視其全句之義，方可區分，如試將一句中兩同位詞，刪去其一，而仍不失原意者，則可知兩詞必爲同位，又可知刪去之詞爲加詞矣。同位頗似領位，亦含有修飾與限制之義。其最大區別，爲領位用介詞「之」字，同位則決不可用。同位之範圍甚廣，舉凡主、賓、副、補、領等位同在一位之兩寔體詞，皆爲同位。

例：1. 「三家」「者」以雍徹。（《論語》）

2. 「楚狂」「接輿」歌而過孔子。（《論語》）

3. 「德」「者」本也，「財」「者」末也。（《大學》）

4. 「淑靜」「者」，大姊也。（歸有光〈先妣事略〉）

5. 踰年生「女」「淑靜」。（歸有光〈先妣事略〉）

6. 愛燕之狗屠及善擊筑「者」「高漸離」。（《史記・刺客列傳》）

7. 視吾家「所」寡有「者」。（〈齊策〉）

8.閔「予」「小子」。（《詩・閔予小子》）

9.子以「四」教，「文行忠信」。（《論語》）

10.穆公修政，東竟至河，則與「齊桓晉文」「中國侯伯侔矣」！（《史記・六國表序》）

11.公子姊爲「趙惠文王弟」「平原君」夫人。（〈魏公子列傳〉）

12.余乃隴上驛丞「餘姚王守仁」也。（王守仁〈瘞旅文〉）

13.又怪屈原以「彼」「其」材從諸侯，何國不容。（《史記・屈原列傳》）

14.「梓匠輪輿」「其」意將以求食也。（《孟子》）

例1、2、3、4三家者、楚狂接輿、德者、財者、淑靜者，均爲同位，以其用作句主，故謂主位同位。如試將「者」、「楚狂」等同位詞刪去，則變爲「三家以雍徹」、「接輿歌而過孔子」、「德本也，財末也」、「淑靜大姊也」均與原意相同，故可知其必爲同位，且知「者」、「楚狂」等字俱爲加詞也。例5，「女」與「淑靜」；例6，「者」與「高漸離」；例7，「所」與「者」；例8，「予」與「小子」，俱爲同位，以其用作賓位，故謂賓位同位。如試將淑靜、高漸離、者、予等字刪去，則文義不全，甚至莫知所指，故知其必爲本名無疑；例9，「四」與「文行忠信」；例10，「齊桓晉文」與「中國侯伯」俱與同位，以其爲介詞以、與、等字所司，故爲副位同位。而「四」爲總括文行忠信用之加詞，此乃同位詞之又一種。例11，「趙惠文王弟」與「平原君」；例12，「隴上驛丞」與「餘姚王守仁」亦爲同位，以其用作主詞之補足詞，故爲補位同位；例13，「彼」與「其」；例14，「梓匠輪輿」與「其」，亦爲同位。其字作「他之」二字解，爲在領位之代詞，故謂領位同位。如將例14其字刪去，則須將「之」字加上而成爲「梓匠輪輿之意，將以求食也。」與原句意相同，故知此「其」字爲加詞與例13其字不同。

七、**呼位**—名詞用於句首，形式上離句而獨立，其用於對話時與呼喚對方之名，以提醒其注意；用於感慨時爲所發出之呼號與嗟嘆，此類名詞曰呼位，馬氏謂之主次，其他各家亦有將之併入同位者，愚意以爲呼位乃對話或獨語時所特有之語詞，不必勉強作爲主位，而必謂其述詞省略謂之添足也。具呼號與感歎之詞並無同位可言，故呼位必須另成一格，未可混爲一談也。

例：1. 南八！男兒死身，不可爲不義屈。（韓愈〈張中丞傳序〉）

2. 參乎！吾道一以貫之。（《論語》）

3. 求！爾何如？（《論語》）

4. 公瑾！卿言至此，甚合孤心。（《資治通鑑》赤壁之戰）

5. 賜也！汝以予爲多學而識之者與？（《論語》）

6. 求！誨汝之乎？（《論語》）

7. 天乎！人乎！而今已乎！（袁枚〈祭妹文〉）

8. 於！鯀哉！（《書經・堯典》）

例1，「南八」；例2，「參乎」位於句首，用以喚起對方之注意，形式上與下句並無關聯之處，馬氏謂之主次者，以其爲「南八聽吾言」及「參乎聽之」之意，而述詞被省略也。但如將；例3，認爲係「求聽吾言」之省；例4，公瑾認爲係「公瑾聽之」之省，則前後語氣不調適矣。又例3，「求」與「爾」；例4，「公瑾」與「卿」；例5，「賜」與「女」；例6，「求」與「汝」等有將其認作同位者，亦非。例7，「天乎、人乎」；例8，「鯀哉」均係因感慨而發之呼號與嗟嘆，形式上完全獨立，故亦爲呼位。

第三章　名詞

（甲）名詞之種類

名詞者，乃事物之名，用以表示觀念中之寔體也。其類有三：一曰特有名詞，二曰普通名詞，三曰抽象名詞。

（一）特有名詞——凡國名、人名、書名、地名等等其一名只限於一物專用，雖同類亦不得通用者曰特有名詞。

例：1.「懷王」竟聽「鄭袖」，復釋去「張儀」。（《史記・屈原列傳》）

2.「公孫卿」曰：「『黃帝』時封則天旱」。（《史記・封禪書》）

3.「秦」地徧天下，威脅「韓」「趙」「魏」氏。（《史記・刺客列傳》）

4.陛下何不試以臣爲屬國之官，以主「匈奴」。（《漢書・賈誼傳》）

5. 何當共剪西窗燭，卻話「巴山」夜雨時。（李義山詩）
6. 孤已得「冀州」，諸君知之乎？（《魏志・太祖紀》）
7. 今上急發徭治「阿房宮」，聚狗馬無用之物。（《史記・李斯傳》）
8. 「爾雅」者，蓋興於中古，隆於漢氏。（郭景純〈爾雅序〉）
9. 知我者，其爲「春秋」乎！（《孟子》）
10. 「方城」以爲城，「漢水」以爲池。（《左傳・齊桓公代楚盟屈完》）

例中懷王、鄭袖、張儀、公孫卿、黃帝，俱爲一人之專名；秦、韓、趙、魏、匈奴俱爲一國之專名；巴山、冀州爲一地之專名；阿房宮爲一建築物之專名；《爾雅》、《春秋》爲一書之專名；方城、漢水爲一山一水之專名。皆爲特有名詞。

（二）**普通名詞**——凡一名同類事物皆可通用者曰普通名詞。

例：1. 「雲」無「心」以出「岫」，「鳥」倦飛而知還。（陶淵明〈歸去來辭〉）
2. 孟夏「草」「木」長，繞「屋」「樹」扶疏。（孟浩然詩）

3. 于以采「蘋」？于「澗」之「濱」。（《詩．周南》）

4. 多識於「虫」「魚」「鳥」「獸」之「名」。（《論語》）

5. 「身」修而後「家」齊。（《大學》）

6. 久暴「師」則「國」用不足。（《孫子兵法．作戰篇》）

7. 有一「言」而可以與「邦」者乎！（《論語》）

8. 夫以疲病之「卒」，御孤疑之「眾」，「眾」數雖多，甚未足畏。（《資治通鑑》赤壁之戰）

9. 「兵」盡「矢」窮，「人」無寸「鐵」。（李陵〈答蘇武書〉）

10. 釣於「水」，鮮可食。（韓愈〈送李愿歸盤谷序〉）

11. 時缺一升半升「米」，「兒」怒「飯」少相觸抵。（鄭燮詩）

12. 一抔之「土」未乾，六尺之「孤」何託。（駱賓王〈討武氏檄〉）

例中所舉皆普通名詞，若再加以分類，則雲、心、岫、鳥、草、木、屋、樹、蘋、澗、濱、虫、魚、獸、名、身、言、兵，矢、人、孤等字為表有形可指，有數可數之個體，謂之普通名詞。家、師、國、邦、卒、眾等字爲表集多數而成之集合體，謂之集合名詞。鐵、米、水、土等字爲物質與材料之名，雖有形可指，但不能以數計之，必須附量詞後，再加數字方可知其多寡，謂之物質名詞，西文文法即如此分類，國文文法中無此必要，故併爲普通名詞。

（三）抽象名詞——凡無形可指，無數可量事物，名曰抽象名詞。

例：1. 博愛之謂「仁」，行而宜之之謂「義」，由是而至焉之謂「道」，足乎已無待於外之謂「德」。（韓愈〈原道〉）

2. 子罕言「利」與「命」與「仁」。（《論語》）

3. 「禮」「義」「廉」「恥」，國之四維。（《五代史・馮道傳》）

4. 蠻夷之「俗」，畏「壯」侮「老」。（《後漢書・班超傳》）

5. 賓主盡東南之「美」。（王勃〈滕王閣序〉）

6. 君侯不以「富」「貴」而驕之，「貧」「賤」而忽之。（李白〈上韓荊州書〉）

7. 然則「小」故不可以敵「大」，「寡」固不可以敵「眾」，「弱」固不可以敵

「強」。（《孟子》）

8. 道在「邇」而求諸「遠」，事在「易」而求諸「難」。（《孟子》）

9. 兵之「勝」「負」，實在「賞」「罰」。（韓愈〈論淮西事宜狀〉）

10. 先天下之「憂」而憂，後天下之「樂」而樂。（范仲淹〈岳陽樓記〉）

11. 「成」「敗」在於「決斷」。（《史記・淮陰侯列傳》）

例中，仁、義、道、德、利、命、禮、廉、耻等字俱屬無形之名物。壯、老、美、富、貴、貧、賤、大、小、寡、眾、弱、強、邇、遠、易、難等字，俱屬事物之性質與形態，大都由限詞轉來。勝、負、賞、罰、憂、樂、成、敗、決、斷等字俱屬人事之動作，大都由動詞轉來。以上三種皆爲抽象名詞。

（乙）名詞之變換

（一）特有名詞有加一數詞即變爲普通名詞，亦有不加數詞而變爲普通名詞者。

例：1.一「薛居州」獨如宋王何！（《孟子》）

2.雖有「百盎」可得而間哉！（蘇軾〈晁錯論〉）

3.桓公在焉，而曰天下不復有「管仲」吾不信矣！（蘇洵〈管仲論〉）

4.人皆可以爲「堯舜」。（《孟子》）

例中，薛居州，盎（即表盎）均屬特有名詞，加一數詞，即謂如薛居州與表盎之人，則是薛居州與盎已變爲普通名詞。又管仲、堯舜皆特有名詞，今以管仲代賢才，堯舜代聖人，雖未加數詞，而已變爲普通名詞矣。

（二）普通名詞有因其專指某人某物而變爲特有名詞者，特有名詞亦有加助詞而仍爲特有名詞者。

例：1.「子」疾病，子路請禱。（《論語》）

2.肅曰：「孫『討虜』聰明仁惠，敬賢禮士，江表英豪，咸歸附之。」（《資治通鑑》赤壁之戰）

3. 「介之推」不言祿。（《左傳・僖公廿四年》）

4. 「庾公之斯」學射於「尹公之它」。（《孟子》）

5. 當舜之時，有苗不服，禹將伐之。（《韓非子・五蠹》）

例1，子爲古代男子之美稱，而論語中用以專指孔子；例2，討虜爲官職名，用以專指孫權，是以普通名詞用爲特有名詞也。又介之推、庾公之斯，及尹公之它之「之」字有苗之「有」字皆爲助詞，插入特有名詞之中，而不變其爲特有名詞，此爲特有名詞中之最奇者。

（三）抽象名詞亦有加數詞而變爲普通名詞者。

例：1. 黃鳥，哀三「良」也。（〈詩序〉）

2. 殷有三「仁」焉。（《論語》）

3. 二「老」者，天下之大老也。（《孟子》）

例1「良」爲抽象名詞，今指奄息、仲行、鍼虎三賢人；例2，三仁謂三仁人；例3，二老謂二老人，皆有寔體之可指，已非抽象名詞，寔變爲普通名詞矣。

（四）有兩普通名詞相連用爲抽象名詞者。

例：1. 飲食「男女」，人之大欲存焉。（《禮記．禮運》）

2. 忍令上國「衣冠」，淪於夷狄！（石達開〈討清檄文〉）

3. 田園寥落「干戈」後。（白居易詩）

例：男、女、衣，冠、干、戈，俱爲普通名詞，今將兩普通名詞相連，則「男女」作性慾解，「衣冠」作文明解，「干戈」作戰爭解，均爲抽象名詞矣。但如〈捉搦歌〉：「天生男女共一處，願得兩家成翁嫗。」本爲男與女，省却連詞，不得如例1解。又昔人有衣冠塚者，亦不得作例2解。

（丙）名詞之相代

（一）有以小名代大名者。

例：1. 一日不見，如三「秋」兮！（《詩．采葛》）

2. 上初即位，富于「春秋」。（《史記・魏其侯傳》）

3. 孟子見「梁」惠王。（《孟子》）

例1，秋字代年；例2，春秋代年歲；例3，梁本魏之國都，乃以梁代魏，魏惠王而爲梁惠王，俱以小名代大名也。

（二）有以質料代物體者。

例：1. 我二十五年矣，又如是而嫁，則就「木」矣！（《左傳・僖公二十三年》）

2. 無「絲竹」之亂耳。（劉禹錫〈陋室銘〉）

3. 許子以釜甑爨，以「鐵」耕乎？（《孟子》）

例1，木代棺；例2，絲竹代樂器；例3，鐵代農具，皆以質料代物體也。

（三）有以抽象代具體者。

例：1. 訪「舊」半爲鬼。（杜甫〈贈衛八處士詩〉）

2. 安能摧眉折腰事「權貴」，使我不得開心顏！（李白〈夢遊天姥吟留別〉）

3. 後宮「佳麗」三千人，三千寵愛在一身。（白居易〈長恨歌〉）

例1，舊代老友；例2，權貴代達官顯宦；例3，佳麗代美人，皆以抽象代具體也。

（四）有因失其名而假以名之者。

例：1. 長子建，次子「甲」，次子「乙」，次子慶。（《史記・萬石君傳》）

2. 中謁者，「趙堯」舉春，「李舜」舉夏，「兒湯」舉秋，「禹貢」舉冬（《漢書・魏相傳》）

例1，甲、乙非名也；例2，不應一時四人以堯、舜、禹、湯爲名皆因史失其名而假以名之也。

附註：天地間事物，林林總總，不勝枚舉，各種名詞之用於各種位次，可參看第二章〈位次〉，初學者貴乎觸類旁通茲不贅述。

第四章 代詞

(甲)代詞之種類

代詞者，乃所以代替名詞且常用以避重複也。如《離騷》：「余既滋蘭之九畹兮，又樹蕙之百畝。」屈原自稱為余，此乃國文中習慣，自稱多不稱名，而以吾、我、余等字代之。又如茅坤〈青霞先生文集序〉：「青霞沈君由錦衣經歷，上書詆宰相，宰相深疾之，方力構其罪，賴天子仁聖，特薄其譴，徙之塞上。」文中其、之、俱為代詞，如代詞不用，則為「青霞沈君，由錦衣經歷上書詆宰相，宰相深疾沈君，方力構沈君之罪，賴天子仁聖，特薄沈君之譴，徙沈君於塞上」文中言沈君者五，殊嫌累贅，故代以「其」「之」兩代詞以避其重複也。代詞種類，可分為四：一、人稱代詞；二、指示代詞；三、疑問代詞；四、反身代詞。西文文法中有所謂聯接代詞者，國文中甚希見，茲不論列。

(一)人稱代詞—代詞用以代替人類之名者曰人稱代詞。西文文法中，人稱代詞有單數複數之分。國文中則無分別，如《論語》：「猶『吾大夫』崔子也。」，《左傳》展喜犒師：

「齊孝公伐『我』北鄙。」《禮記・檀弓》：「孔子先反，門人後至，孔子問焉曰：『『爾』來何遲也』？」又《論語》：「長沮桀溺耦而耕，孔子過『之』。」，王守仁〈瘞旅文〉：「吾與『爾』猶『彼』也。」諸句中之吾、我、爾、彼、之等代詞皆用作複數，即「我們的」、「他們」之意。至於李建勳詩：「他人莫相笑，未易會『吾曹』。」韓愈〈送溫處士赴河陽軍序〉：「自居守河南尹，以及百司之執事，與『吾輩』二縣之大夫。」李白〈春夜宴桃李園序〉：「『吾人』詠歌，獨慚康樂。」《史記・項羽本紀》：「『吾屬』今為之虜矣。」《論語》：「『吾黨』之小子狂簡。」諸句中之曹、輩、人、屬、黨等皆名詞，吾字居於領位，仍含有複數力量，即白話文，「我們這般人」之意。人稱代詞，通分為自稱、對稱、旁稱三種。

一、自稱

例：1. 今「吾」以天之靈，賢士大夫定有天下。（《漢書・高帝紀》）

2. 「我」將以明道也，非以為直而加人也。（韓愈〈爭臣論〉）

3. 名「余」曰正則兮，字「余」曰靈均。（《離騷》）

4.「予」觀春秋國語。（《史記．五帝本紀贊》）
5.「朕」皇考曰伯庸。（《離騷》）
6.非「台」小子，敢行稱亂。（《尚書．湯誓》）
7.人涉「卬」否，「卬」須我友。（《詩．匏有苦葉》）

例中：吾、我、余、予、朕、台、卬等字皆爲自稱代詞，其中朕、台、卬等代詞已不常用。又禮俗有謙稱之詞，如：弟、小子、鄙人、臣、僕等字雖名詞，寔爲自稱代詞也。

二、對稱

例：1.「汝」時尤小，當不復記憶。（韓愈〈祭十二郎文〉）
2.「女」爲君子儒。（《論語》）
3.格「爾」衆庶，悉聽朕言。（《尚書．湯誓》）
4.且「而」與其從辟人之士也，豈若從辟世之士哉。（《論語》）
5.「若」勝我，非不「若」勝。（《莊子．齊物論》）

6. 昔秦迫逐「乃」吾離於瓜外。（《左傳》駒支不屈于晉）

7. 纘「戎」祖考。（《詩・烝民》）

例中：汝、女、爾、而、若、乃、戎等皆為對稱代詞，其中而、若、乃、戎等字，現不常用。又禮俗有尊稱之詞，如大王、陛下、叟、夫子、先生、足下、閣下、君、子、卿等字，即爾、汝之意，但較為禮貌耳。

三、旁稱

例：1. 「彼」能是而我乃不能是。（《論語》）

2. 方一食三吐「其」哺，方一沐三握「其」髮。（韓愈〈後廿九日復上宰相書〉）

3. 老者安「之」，朋友信「之」，少者懷「之」。（《論語》）

4. 深淺花枝相並時，花枝難似「伊」。（歐陽修詞）

5. 穆宗襲位之初，諸父之子習烈斜鉢及諸兄有異言曰：「君相之位，皆『渠』輩為之奈何！」（《金史・歡都傳》）

例中：彼、其、之、伊、渠等字皆旁稱代詞，彼、其、之三字不限於稱人，稱事稱物，亦通用之，故亦列於指亦代詞中；伊、渠兩字則專以稱人，古文中用之較少，近代則已常用之矣。

（二）指示代詞

代詞用以指示眼前之事物者曰指示代詞，可分直指、旁指、泛指三種。

一、**直指**—用代詞以指示當前之事物，或以指示上文，均直對之而加以指示者曰直指。

例：1. 其傳之難如「此」，其遇之難又如「此」。（曾鞏〈寄歐陽舍人書〉）
2. 吾何快於「是」。（《孟子》）
3. 傳天下若「斯」之難也。（《史記・伯夷列傳》）
4. 念「茲」在「茲」。（《書經・大禹謨》）
5. 「咨」可謂命世大聖，千載之師表者已。（魏〈孔子廟碑〉）
6. 厥初生民，「時」維姜嫄。（《詩・生民》）
7. 「實」覃「實」訏，厥聲載路。（《詩・生民》）

8. 韓氏兩世，惟「此」而已！（韓愈〈祭十二郎文〉）

例中：此、是、斯、茲等字均爲常用之直指代詞。古文中有用咨字者，如例5，《爾雅》云：「咨，此也。」有用時、用實者，如例6，陳奐疏：「時，是；維，爲也。」例7，陳奐疏：「篇中實字皆當作寔，寔，是也。實蚪實訏，言于是長大也。上實訓于是，下實爲助詞，猶云是刈是獲，于是刈穫也，是究是圖，于是究圖也。皆上是訓是，下爲助詞，句法一例。」更有係指示性質而用以代人者，如例8，此字即代韓愈叔侄二人。

二、**旁指**——代詞所指之事物有旁及他方之意者曰旁指。

例：1. 前則若「彼」，後則若「此」。（《論衡・率性篇》）

2. 桃之夭夭，「其」葉蓁蓁。（《詩・桃夭》）

3. 南有樛木，葛藟纍「之」。（《詩・樛木》）

4. 女於時，觀「厥」刑于二女。（《尙書・堯典》）

5. 雖欲勿用，山川其舍「諸」。（《論語》）

6. 虞叔有玉，虞公求「旃」。（《左傳．桓公十年》）

7. 山人有二鶴，甚馴而善飛，旦則望西山之缺而放「焉」。（蘇軾〈放鶴亭記〉）

8. 「某」非良士。（韓愈〈原毀〉）

9. 「或」曰：「陋如之何」。（《論語》）

10. 王顧左右而言「他」。（《孟子》）

例中：彼、其、之三字既爲指示代詞，又兼作人稱代詞，初學者頗覺混合難分；然細察之，亦易明白，即代人者謂之人稱，代事物者謂之指示而已。例4，「厥」字，《爾雅》云：「其也」。例5，諸字與之字同系，爲「之於」或「之乎」合體，如《大學》：「有諸己而后求『諸』人。」諸字作「之於」解。又《孟子》：「湯放桀，武王伐紂，有諸？」諸字則作「之乎」解。例6稱爲「之焉」之合體，故皆爲指示代詞。又有用「焉」如「之」者，如例7。有用某、或、等字以代人，但亦係指示性質者，如例8、9。白話文中他字多用於人稱，古文中則常用於指示，如例10皆旁指之指示代詞也。

三、**泛指**——代詞中「所」、「者」二字，無直指，旁指之分，隨其所遇而指示之曰泛指，此類代詞，無獨立之格，必須與他詞連用，惟「所」字常例置於動詞或介詞之前，而「者」字必置於後，爲其特性也。

例：1. 以其「所」有，易其「所」無。（《孟子》）

2. 青綠民「所」常服，且勿止。（《漢書・成帝紀》）

3. 諸「所」與交通，無非豪傑大猾。（《史記・魏其傳》）

4. 國之「所」以治亂者三，殺戮刑罰，不足用也。（《管子・立政篇》）

5. 宋人有好善行「者」。（《論衡・福虛篇》）

6. 不能彊其兵，而能必勝敵國「者」，未之有也。（《管子・七法》）

7. 地「者」，政之本也。（《管子・乘馬》）

例1，所字作者字解；例2，所字作之字解，均居於動詞之前。例3，所字作者字解；例4所字作之字解，均居於介詞之前。例5、6、7中，者字均居於後，惟有句後、讀後、字後之分耳。

（三）**疑問代詞**——代詞用以代替不知之人地或事物者，曰疑問代詞。

例：1. 吾「誰」欺，欺天乎！（《論語》）
2. 今此下民，「或」敢侮予。（《詩經・豳風》）
3. 吾與徐公「孰」美。（《國策・齊策》）
4. 禮與食「孰」重。（《孟子》）
5. 「何」以解憂，惟有杜康。（魏武帝〈短歌行〉）
6. 彼人之心，于「何」其臻。（《詩・小雅》）
7. 許子「奚」為不自織。（《孟子》）
8. 天下「惡」乎定。（《孟子》）
9. 「胡」為乎以五斗而易爾七尺之軀。（王守仁〈瘞旅文〉）

例中代人之疑問代詞有誰、或、孰等字；代事物及地者，有孰、何、奚、惡、胡等字，惟代事物之疑問代詞，常倒置於動詞或介詞之前，如「何以」猶言「以何」、「奚為」猶言「為奚」、「惡乎定」猶言「定於何」、「胡為」猶言「為胡」，此類代詞如將介詞省略，位於動詞之前，則例可視為副詞；如本無介詞用於名詞之前，則為限詞，請參閱第六章〈疑問限詞〉及第七章〈疑問副詞〉。

（四）反身代詞——代詞用以複指上文之名，代詞者，曰反身代詞。

例：1. 秦氏有好女，「自」名為羅敷。（古詩〈陌上桑〉）

2. 使淫樂於諸夏之國，以「自」傷也。（《國語．越語》）

3. 而人主以為去「己」，疏遠。（歐陽修《五代史．宦者傳論》）

4. 古之學者為「己」，今之學者為人。（《論語》）

例中「自」、「己」二字，皆反身代詞；有以躬、親、身、親自、身自等為反身代詞者，皆非也。但自、己兩字亦可作副詞用，如《孟子》：「禍福無不『自己』求之者。」之自己兩字，即為副詞不可作反身代詞解矣。

（乙）代詞之位次

代詞之用於各種位次，係依其本身之性質而定，有各位通用者（呼位，同位除外），有僅適用於一二位次者。茲依人稱、指示、疑問、反身等類代詞中常用者，分別論之。

（一）人稱代詞——我、吾、予、余、爾、汝、彼等字各位通用，若字不用於補位，之字僅用於賓位，及副位，間亦有用於領位者。其字多用於領位，亦可用於賓位。茲就我、爾、若、之、其等代詞舉例如下：

例：1.「我」行其野，芃芃其麥。（《詩．載馳》）……主位

2. 況陽春召「我」以煙景，大塊假「我」以文章（李白〈春夜宴桃李園序〉）……賓位。

3. 誰謂雀無角，何以穿「我」屋。（《詩．行露》）……領位

4. 彼其之子，不與「我」戍申。（《詩．行露》）……副位

5. 非「我」也，歲也。（《孟子》）……補位

6.「爾」飲曠何也。（《禮記・檀弓》）……主位

7. 豈不「爾」思，勞心切切。（《詩・羔裘》）……賓位

8.「爾」墓之木拱矣。（《左傳》蹇叔哭師）…領位

9. 吾不宜復爲「爾」悲矣。（王守仁〈瘞旅文〉）……副位

10.「爾」爲「爾」，我爲我。（《孟子》）……補位

11. 夫人置兒袴中，祝曰：「趙宗滅乎，『若』號；即不滅，『若』無聲。」（《史記・趙世家》）……主位

12. 漢今虜「若」。（《史記・項羽本紀》）……賓位

13. 以「若」所爲，求「若」所欲。（《孟子》）……領位

14. 始吾從「若」飲。（《史記・張儀列傳》）……副位

15. 左師觸讋願見，太后盛氣而揖「之」。（《國策・趙策》）……賓位

16. 爲「之」君，爲「之」師。（韓愈〈原道〉）……領位

17. 其有意稱明德者，必身勸爲「之」駕。（《漢書・高帝紀》）……副位

18. 若使「其」幸得用於朝廷，作爲雅頌以歌詠大宋之功德（歐陽修〈梅聖俞詩集序〉）……賓位

19. 項羽疑范增與漢有私，稍奪「其」權。（蘇軾〈范增論〉）……領位

例中我、爾二字通用於主、賓、副、領、補等位。其字多用於領位，亦可用於賓位如例18，惟此種賓詞多爲兼格賓詞，因其既爲主動詞之賓詞，又爲補足語之主詞也。

（二）指示代詞——此、彼二字除領位外，各位通用，是、斯且不用於補位。茲字不用於主位。所、之，僅用於賓位及副位。惟其字例外，用於領位最多。者字之性質，與白話文中「的」字相似，可將其後之名詞省略，故者字之位次須連著上文接合之部位，方可區別之。茲將此、是、所、之、其、者等字之用於各種位次者，舉例如下：

例：1. 公亦固情謹聲，以嚴尊生，「此」謂道之榮。（《管子．戒》）……主位

2. 髡竊樂「此」，飲可八斗而醉二參。（《史記．滑稽列傳》）……賓位

3. 見人謀慮深，則曰：「辨慧如『此』，何不富」（《論衡．命祿篇》）……補位

4. 何令人之景慕，一至於「此」。（李白〈上韓荊州書〉）……副位

5. 「是」乃仁術也。（《孟子》）……主位

6. 彼雖善「是」，其用不足稱也。（韓愈〈原毀〉）……賓位

7. 我則異於「是」。（《論語》）……副位

8. 此亦有「所」長。（《史記・遊俠列傳序》）……賓位

9. 將軍自爲計則可矣，而亦何以報先王之「所」以遇將軍之意乎？（《國策・樂毅報燕王書》）……副位

10. 誰謂河廣，一葦杭「之」。（《詩・河廣》）……賓位

11. 以「之」爲心，則和而平。（韓愈〈原道〉）……副位

12. 舉世混濁，何不隨「其」流而揚「其」波。（《史記・屈原列傳》）……領位

13. 大「者」爲宮，細「者」爲羽。（歐陽修〈送楊寘序〉）……主位

14. 豎刁，易牙，開方，三子，彼固亂人國「者」。（蘇洵〈管仲論〉）……賓位

15. 士爲知己「者」用，女爲說已「者」容。（司馬遷〈報任少卿書〉）……副位

16. 一淺彫，凸彫之屬，象不離璞，僅以圻鄂起伏之文寫示之「者」也。（蔡元培〈彫刻〉）……補位

17. 臣願得笑臣「者」頭。（《史記．平原君列傳》）……領位

例中除其、者兩代詞外，均不用於領位。因代詞冠於名詞之前，則為指限詞也。

（三）疑問代詞——疑問代詞中除誰字各位通用外，餘均不用於領位。孰字用於主位、副位；何字用於賓位、補位、副位；奚字僅用於賓位、副位；曷、胡等字僅用於副位。

例：1. 「誰」無父母，提攜捧負。（李華〈弔古戰場文〉）……主位

2. 門者怒曰、為「誰」。（宗臣〈報劉一丈書〉）……補位

3. 今爾歎息，將欲「誰」怨？上留田！（曹丕〈上留田行〉）……賓位

4. 念橋邊紅藥年年，知為「誰」生。（姜白石〈揚州慢〉）……副位

5. 是「誰」之過與？（《論語》）……領位

6. 「孰」謂微生高直。（《論語》）……主位

7. 後之人，其欲聞仁義道德之說，「孰」從而聽之！（韓愈〈原道〉）……副位

8. 克者「何」。（《穀梁傳．鄭伯克段於鄢》）……補位

9. 父使謂之曰：「爾『何』知」。（《左傳．僖公三十二年》）……賓位

10. 子女玉帛，「何」以致之，車馬玩器，「何」以取之。（王禹偁〈待漏院記〉）……副位

11. 「奚」以知其然也。（《莊子．逍遙遊》）……副位

12. 曰：「『奚』冠？」曰：「冠素。」（《孟子》）……賓位

13. 「曷」為先言王而後言正月。（《公羊傳．隱公元年》）……副位

14. 此秋聲也，「胡」為乎來哉。（歐陽修〈秋聲賦〉）……副位

例中疑問代詞用於賓位或副位者，常倒置於動詞或介詞之前，如例「將欲誰怨」、「從而聽之」、「爾何知」、「何以致之」、「何以取之」、「奚以知其然也」、「胡為乎來哉」、「曷為先言王而後言正月」皆是，亦有毋須倒置者，如例4「知為誰生」。

（四）反身代詞——此類代詞僅自、己二字，主位、賓位、副位俱通用，惟自字用於賓位或副位時，恆先動詞或介詞。而己字且可用於補位。

例：1.「自」云先世避秦時亂，率妻子邑人，來此絕境，不復出焉（陶潛〈桃花源記〉）……主位

2. 名之者誰？太守「自」謂也。（歐陽修〈醉翁亭記〉）……賓位

3. 謂其「自」為也過多，其為人也過少。（韓愈〈圬者王承福傳〉）

4.「己」欲立而立人，「己」欲達而達人。（《論語》）……主位

5. 古之君子，其責「己」也，重以周。（韓愈〈原毀〉）……賓位

6. 若已經效於世間，不必皆從於「己」出。（蘇軾〈乞校正陸贄奏議進御劄子〉）……副位

7. 敗者「己」也。極其敗，則為桀紂幽厲者，亦「己」也。（《東萊博議．隋伐楚》）……補位

例中「太守自謂也」、「謂其自爲也過多」之二自字，一先動詞，一先介詞。己字則無倒置之習慣。

第五章　動詞

（甲）動詞之種類

動詞者，乃所以表示事物之動作或功用也。依其性質可分爲四類一、內動詞，二、同動詞，三、外動詞，四、助動詞。

（一）內動詞──凡動詞之動作，止於自身，不及於他物，亦無帶賓詞之必要者，曰內動詞。計分三種，一、普通內動詞，二、關係內動詞，三不完全內動詞。

一、**普通內動詞**──動詞之動作，不僅不及於他物，具無須他詞以補足其意者曰普通內動詞。

例：1. 大江東「去」。（蘇軾詞〈赤壁懷古〉）

2. 孔子先「反」。（《禮記・檀弓》）

3. 狗「吠」深巷中，雞「鳴」桑樹顛。（陶潛詩）

4. 子於是日「哭」。（《論語》）

5. 淳于髡仰天大「笑」。（《史記・滑稽列傳》）

例中動詞如去、反、吠、鳴、哭、笑、等之動作，止於自身，反自反，去自去，吠自吠，鳴自鳴，哭笑自哭笑；皆不及於他物，亦無須補足詞，但可加副詞如例2加先字以疏狀反字。亦有加副詞性之短語者，如例4加於是日，例5加仰天等短語，而此種副詞性之短語，亦可將介詞省略，如例1省向字，例3省兩於字皆是。

二、**關係內動詞**—內動詞之動作，雖不及於他物，但與他物有關聯之處，必須帶賓詞性之副詞短語以補足其意。此種內動詞。曰關係內動詞。

例：1. 利澤「施」於人，名聲「昭」於時。（韓愈〈送李愿歸盤谷序〉）

2. 膏澤「下」於民。（《孟子》）

3. 樂正子春「坐」於床下。（《禮記・檀弓》）

4. 陛下初「登」至尊。（路溫舒〈尙德緩刑書〉）

5. 由也「升」堂矣，未「入」於室也。（《論語》）

6. 庖「有」肥肉，廏「有」肥馬。（《孟子》）

7. 貴賤「在」於骨法，憂喜「在」於容色。（《史記・淮陰侯列傳》）

8. 國之本「在」家。（《孟子》）

例中關係內動詞施、昭、下、坐、登、升、入、有、在等，雖無須賓詞，但若無「於人」、「於時」、「於民」、「於床下」、「堂」、「於室」、「庖」、「廏」、「於骨法」、「於容色」等副詞短語，則各句文意不明矣。副詞短語中介詞省略與否，係視句中之需要而定。如例4省於字並省其在副位之名詞「位」字。如例5，前句升堂省於字，後句入於室則未省，殆因前句省於字後，字數爲五，故後句則不可省，其字數方與前句相同，較爲整美也。例6肉、馬等名詞，形似賓詞實乃主詞，有字表存在之意，庖廏即爲其存在之地點，倒置於句首，省略介詞於字。在字後於字亦可省如例8即是。

三、**不完全內動詞**──內動詞爲表示自身之變化，其動作雖不及於他物，但必帶賓詞性之補足詞，而後文意方足。此種內動詞曰不完全內動詞。

例：1. 問子參乘，袁絲「變」色。（司馬遷〈報任少卿書〉）

2. 雖少年已自「成」人。（韓愈〈柳子厚墓誌銘〉）

3. 願「爲」雙黃鵠，送子俱遠飛。（蘇武詩）

4. 妾「作」溪中水，水流不離石。（景翩翩〈怨詞〉）

5. 吾子白帝子也，「化爲」蛇當道。（《漢書・高帝紀》）

6. 「覺」今是而昨非。（陶潛〈歸去來辭〉）

例中動詞變、成、作、爲、化爲、覺等皆表自身之變化，其動作皆不及於他物，但自身變化之結果如何，則必須帶賓詞性之補足詞，以足其意，故皆爲不完全內動詞。而色、人、黃鵠、水、蛇、今是、昨非，皆賓詞性之補足詞也。

(二)同動詞

同動詞——凡有動意而無動象之動詞,僅用以結合補足詞以說明主詞之性態或種類者,曰同動詞。

例:1. 梁父「即」楚將項燕。(《史記·項羽本紀》)

2. 荊軻者,衛人也。其先「乃」齊人。(《史記·刺客列傳》)

3. 事孰「爲」大,事親「爲」大。(《孟子》)

4. 巨「是」凡人,偏在遠郡。(《資治通鑑》赤壁之戰)

5. 地之不辟者,「非」吾地也。(《管子·權修》)

6. 故鳥「有」鳳而魚「有」鯤。(《楚辭》〈宋玉對楚王問〉)

7. 事「無」大小,悉以咨之。(諸葛亮〈前出師表〉)

8. 夫人之性,「猶」蓬紗也。(《論衡·率性篇》)

9. 涕泣「如」雨。(《詩·邶風》)

10. 大聖「若」癡,大智「若」愚,大辯「若」訥。(《莊子》)

11. 郎「似」桐花，妾「似」桐花鳳。（王士禎詞）

例中即、乃、爲、是、非、有、無、猶、如、若、似等動詞，俱有動意而無動象，其後必綴名詞、代詞或限詞，但均爲補足詞，非賓詞也。（請參閱第二章位次中補位）古文中同動詞常被省略，如例2荆軻者，衛人也。句中省乃字或是字。又猶、如、若、似等字既爲同動詞，又可用作介詞，其中並無明確之詞類界劃。惟句中如有限詞用作述詞，或其省略之限詞，極爲明顯，則可作爲介詞。如僅兩實體詞囫圇相比，則仍爲同動詞爲宜。

（三）**外動詞**——凡動詞，其敘述事物之動作，必射及於他物者，曰外動詞。可分三種：一、普通外動詞，二、不完全外動詞，三、帶雙賓語之外動詞。

一、**普通外動詞**——凡動詞之後，綴以賓詞，以接受其動作之射及，即能表示一完全之思想者，曰普通外動詞。

例：1. 不吾「知」也。（《論語》）

2. 不「見」去年人，淚「濕」春衫袖。（朱淑真詞）
3. 余「讀」〈離騷〉、〈天問〉、〈招魂〉、〈哀郢〉。（《史記．屈原列傳》）
4. 風飄飄而「吹」衣。（陶潛〈歸去來辭〉）
5. 君子「有」酒。（《詩．南有嘉魚》）
6. 我善「養」吾浩然之氣。（《孟子》）

例中知、見、濕、讀、吹、有、養等字俱爲普通外動詞，有吾、人、袖、衣、酒、氣，……等名代詞爲其賓詞，以接受其動作之射及無須補足詞而文意已足。此類動詞之賓詞，並不限於一位。如例3〈離騷〉、〈天問〉、〈招魂〉、〈哀郢〉等均接受普通外動詞讀字動作之射及，謂之複賓詞。又賓詞亦可倒置於前如例1吾字倒置於知字之前，例5有字用法最爲複雜，除可用於外動詞外，尚可用於內動詞，及同動詞。用作外動詞時，句中主詞與賓詞必異體。用作同動詞時，主詞與賓詞必同體，或一部分。用作內動詞時僅爲表示主詞存在之意。

二、**不完全外動詞**—外動詞既帶賓詞尚須帶補足詞方可表示一完全之思想者曰不完全外動詞。依其性質又可分爲二種：一帶補足詞之不完全外動詞，二帶兼格賓詞之不完全外動詞。

a. 帶補足詞之不完全外動詞──此種動詞之動作及於他物，有認定或更改他物之意，故必須帶補足詞。又因補足詞原常置於同動詞或不完全內動詞之後，故帶補足詞時，常兼帶同動詞或不完全內動詞。（此類補足詞爲表示賓詞所受不完全外動詞影響而起之變化，故爲賓詞補位，請參閱第二章位次）

例：1. 「名」余曰正則兮，「字」余曰靈均。（〈離騷〉）

2. 故「謂」之染溪。（柳宗元〈愚溪詩序〉）

3. 故自「號」曰醉翁也。（歐陽修〈醉翁亭記〉）

4. 人「道」是三國周郎赤壁。（蘇軾詞）

5. 「以」君爲長者，故不錯意也。（《國策》）

6. 漢王「拜」越爲魏相國。（《漢書・高帝紀》）

7. 倘能「轉」禍爲福。（駱賓王〈討武氏檄文〉）

8. 龍「噓」氣成雲。（韓愈〈雜說〉）

9. 「分」國以爲五鄉。（《管子・立政》）

例中名、字、謂、號、道、以、拜、等不完全外動詞之後，綴以余、之、自、君、越等名代詞，以接受其動作之射及，但必須再帶正則、靈均、染溪、醉翁、赤壁、長者、魏相國等補足詞，文義方足。此類補足詞常帶同動詞，如例中曰、爲、是、等字皆是。但同動詞又常被省略，如例2省曰字。不完全外動詞後之賓詞亦可省略，如例4道字後省代詞此字。亦有倒置於前者，如例3自號乃號自之變式。例6以下轉、噓、分、等不完全外動詞，乃變更事物之性態，與前例認定事物之性質不同，故其賓詞後常帶不完全內動詞，如例中爲、成等字皆是，而福、雲、鄉等名詞用作補足詞，與前例正則、靈均等等同在賓詞補位。

b. 帶兼格賓詞之不完全外動詞—不完全外動詞後所帶之賓詞，一面接受其前動詞動作之射及，一面又爲補足詞之主詞，此類賓詞兼賓主兩格，故名兼格賓詞。

例：1. 試「令」後之人讀之。（茅坤〈青霞先生文集序〉）

2. 笑「倩」旁人爲整冠。（杜甫詩）

3. 齊王「使」淳于髡之趙請救兵。（《史記・滑稽列傳》）

4. 「勸」君更進一杯酒。（王維詩）

5. 轉「教」小玉報雙成。（白居易〈長恨歌〉）

例中令、倩、使、勸、教等字俱爲帶兼格賓詞之不完全外動詞。其所帶賓詞如人、淳于髡、君、小玉等既接受動詞動作之射及，又爲其後讀之，爲整冠、之趙請救兵、更進一杯酒、報雙成等補足詞之主詞，故均爲兼格賓詞。

三、**帶雙賓詞之外動詞**——外動詞爲表示人與人之間，事物之交接，常帶雙賓詞。凡屬被交接之事物，曰正賓位。屬於接受事物之人曰次賓位。此種外動詞曰帶雙賓詞之外動詞。

例：1. 「還」卿一缽無情淚。（蘇曼殊詩）

2. 客從東方來，「遺」我雙鯉魚。（古詩）

3. 「贈」妾雙明殊。（張籍詩）

4. 「貽」我握椒。（《詩・東門之枌》）

5. 公「賜」之食。（《左傳・隱公之年》）

6. 于其往也，「賞」以酒肉，重之以辭。（柳宗元〈送薛存義序〉）

例中遠、遺、贈、貽、賜、賞等動詞俱帶雙賓詞，淚、鯉魚、明珠、椒、食、酒肉等爲被交接之事物故爲正賓位。卿、我、妾、之等皆代接受事物之人，故爲次賓位。（請參閱第二章位次）

（四）助動詞——凡自身並無一定動作，僅爲幫助其他動詞使其語氣明瞭，或改變其動態之詞類曰助動詞，依其性質可分爲下列七種。

一、表被動

例：1. 且國武子不能得善人，而好盡言於亂國，是以「見」殺。（韓愈〈爭臣論〉）

2. 式何故「見」寃於人。（《史記・平準書》）

3. 弟子名中「被」點留。（王仲初詩）

例中見、被等字，本身雖無一定動作，但加於動詞殺、寃、點留等字之前，則動態皆由施動轉爲被動，故皆爲助動詞。

二、**表相向**

例：1. 周鄭「交」惡。（《左傳・隱公三年》）

2. 主客「相」搏。（李華〈弔古戰場文〉）

3. 人之「相」知，貴「相」知心。（李陵〈答蘇武書〉）

4. 并領鮮卑賞賜，質子歲時「互」市焉。（《後漢書・烏桓傳》）

例中惡、搏、知、市等字，俱爲外動詞，冠以助動詞交、相、互等字後，則其動作範圍僅限於相對之雙方。外動詞之後，原必綴以賓詞，但加助動詞後，則轉而內向，有似內動詞如例1、2皆是，亦有仍須綴以賓詞者，如例3是，惟此知字用作散動詞，貴字方爲主動詞。亦有將賓詞省略者，如例4市字後省貨物兩字。

三、表意想

例：1. 賈生，洛陽之少年，「欲」使其一朝之間，盡棄其舊而謀其新，亦已難矣（蘇軾〈賈誼論〉）

2. 非曰能之，「願」學焉。（《論語》）

3. 過屈原所自沈淵，未嘗不垂涕，「想」見其爲人。（《史記・屈原列傳》）

4. 使天之人，不「敢」言而「敢」怒。（杜牧〈阿房宮賦〉）

例中動詞使、學、見、言、怒等字之前，加欲、願、想、敢等字，則爲意想中之動態，而非實際之動作，故欲、願、想、敢等字爲助動詞。

四、表可能

例：1. 「能」富貴之，則民爲之貧賤。（《管子・牧民》）

2. 富而「可」求也。（《論語》）

3. 小固不「可」以敵大。（《孟子》）

4. 臣駑下，恐不「足」任使。（《史記・刺客列傳》）

5. 「得」見君子者，斯可矣。（《論語》）

6. 夫以秦王之暴，而積怒於燕，「足」爲寒心。（《史記・刺客列傳》）

7. 臣弒其君「可」乎。（《孟子》）

8. 諸侯得合從，其破秦「必」矣。（《史記・刺客列傳》）

9. 雖欲耕「得」乎。（《孟子》）

例中動詞加能、可、足、得、必等字後，爲意想之動態，而非實際之動作，故皆爲助動詞，惟此類助動詞之後，往往直附以、爲等介詞；并將其後之代詞之字省略，而合於一處，如例3、6皆是他書有直接以「可以」、「足以」、「足爲」爲助動詞者皆非。又助動詞多用於動詞之前。惟此類助動詞可用於動詞之後，如例7、8均是。亦有形式上雖居動詞之後，但實際仍在動詞之前者如例9，得字雖位於耕字之前，但實際得字後動詞耕字被省略，仍在動詞之前也。

五、表當然

例：1. 大丈夫「當」如此矣。（《漢書・高帝紀》）

2. 若書所謂，則大臣宰相之事，非陽子之所「宜」行也。（韓愈〈爭臣論〉）

3. 一年好景君「須」記，最是橙黃橘綠時。（蘇軾詩）

4. 外人不見見「應」笑，天寶末年時事妝。（白居易詩）

例中當、宜、須、應等字，本身並無一定之動作均幫助動詞使其語氣明瞭，故亦為助動詞。

六、表必然

例：1. 蓋有非常之功，「必」待非常之人。（《漢書・武帝紀》）

2. 人問「定」有崔羅什。（李義山詩）

3. 寡人「決」講也。（《國策・秦策》）

4.「準」擬人看似舊時。（劉德仁詩）

5.「斷」無消息石榴紅。（李義山詩）

例中必、定、決、準、斷等均爲加強動詞之語氣，本身並無一定之動作，故亦爲助動詞。

七、表或然

例：1.默而息乎？「恐」違孔氏各言爾志之義。（楊惲〈報孫會宗書〉）

2.方山子「儻」見之歟。（蘇軾〈方山子傳〉）

3.予嘗求古仁人之心，「或」異二者之爲何哉？（范仲淹〈岳陽樓記〉）

4.「萬一」灞橋相見。（史達祖〈東風第一枝詞〉）

例中恐、儻、或、萬一等字，加於動詞之前，則爲表或然之意念，而無實際之動作，亦爲助動詞。

(乙)施動式與被動式

動詞之動作爲主詞所施，就主詞立言，謂之施動。如主詞所施之動作，及於其他事物，就接受動作之事物立言，則謂之被動。施動式內外動詞均可用，而被動式則僅限於外動詞，因外動詞必帶賓詞，賓詞即爲接受動作之事物故也。茲將施動式與被動式分別論之。

(一)**施動式**—最簡單之施動式，爲主詞及其所施之動作所組成，如句中之動詞爲外動詞則再帶賓語，亦可再加副詞、限詞以疏狀之。

例：1. 孔子行。(《論語》)

2. 平公飲酒。(《禮記・檀弓》)

3. 宰予晝寢。(《論語》)

4. 桓公殺公子糾。(《論語》)

例中行、飲、寢、殺等動詞之動作，出自孔子、平公、宰予及桓公，就孔子、平公、宰予、桓公立言，則謂之施動，例1行字爲內動詞。例2飲字爲外動詞，故帶賓詞酒字。例3

寢字爲內動詞，畫字爲副詞，前省介詞於字。例4殺亦爲外動詞故帶賓詞公子糾三字。以上四句皆爲施動式。

（二）**被動式**——被動式以其所用表現被動性之詞類不同，可分三種。

一、**用助動詞見字**——此種被動式之完全式，爲被動者位於句首，外動詞前加助動詞，施動者之前冠介詞於字殿之。但有省被動者，有省助動詞，有不說明施動者，亦有助動詞與施動者俱不說明者，更有被動者省略而施動者反置於前者，俱爲不完全式。

例：1. 吾長見笑於大方之家。（《莊子．秋水》）

2. 然而公不見信於人，私不見助於友。（韓愈〈進學解〉）

3. 禦人以口給，屢憎於人。（《論語》）

4. 百姓之不見保，爲不用恩焉。（《孟子》）

5. 昔者龍逢斬，比干剖，萇弛胣，子胥靡。（《莊子．胠篋》）

6. 聖主不加誅，宰臣不見斥。（韓愈〈進學解〉）

例1被動者吾字位於句首，外動詞笑字前冠助動詞見字，其後施動者大方之家前冠介詞於字，此謂完全式。例2，省被動者吾或我字。例3，外動詞憎字前省助動詞見字，其主詞被動者係泛指人人，故亦省略。例4，不見保後省施動者王字，及介詞於字。例5，龍逢斬等句，均省助動詞及施動者。例6，爲助動詞見字之變用式，其意謂「不爲宰臣所斥」，省被動者，而施動者反置於前也。

二、**用助動詞被字**——用助動詞被字之被動式，其完全式與用見字者相似，但古文中多用見字，而用被字者甚少，如用被字時，其施動者，往往省略，或竟將被字省略，其完全式殊少見。而被字又常被兼用爲介詞，因被字常用於實體詞之前故也。

例：1. 上念老母，臨年被戮。（李陵〈答蘇武書〉）

2. 傳說舉於版築之間。（《孟子》）

3. 高祖乃立爲沛公。（《漢書・高帝紀》）

4. 常被老元偷格律。（白居易詩）

例1，助動詞被字，位於動詞戮字之前，成爲被動式，但省施動者。例2、3，舉、立等動詞前之被字，皆被省略。例4，「常被老元偷格律」即「格律常被偷於老元」之變式也，句中被字位於名詞之前故兼爲介詞。

三、用為、所兩字關聯於句中——此種被動式之完全式，即被動者爲句主，介詞爲字冠於施動者之前，動詞置於所字之後是也。但有省被動者，有省施動者，有省所字者，亦有施動者與所字俱省者，皆爲不完全式。

例：1. 漢軍却爲楚所擠。（《史記・項羽本紀》）

2. 今不速往，恐爲操所先。（《資治通鑑》赤壁之戰）

3. 不者，若屬皆且爲所虜（《史記・項羽本紀》）

4. 項羽有一范增而不能用，此所以爲我禽也。（《漢書・高帝紀》）

5. 秦之遇將軍，可謂深矣！父母宗族，皆爲戮沒（《史記・刺客列傳》）

例1，漢軍爲被動者居於主位，介詞爲字冠於施動者楚字之前，動詞擠字置於所字之後，此爲完全式。例2，省句主被動者。例3，介詞爲字後省施動者沛公兩字。例4，禽字前省所字。例5，「皆爲戮沒」即「皆爲秦所戮沒」之意，省秦及所字，皆爲不完全式。

(丙) 動詞之散動式

一句中迭用動詞，但僅有一主動詞用作述詞，(馬氏謂之坐動詞) 其他動詞變爲名詞、限詞或副詞者，謂之散動詞。散動詞以其變成各種詞類之不同，而有三種形式。

(一) 作名詞用之散動詞——散動詞在一句之中既變爲名詞，或聯合他詞而爲名詞短語，則自可用作句中之主詞、賓詞或外動詞之補足詞，抽象名詞即多由此類散動詞轉成，請參閱第三章名詞。

例：1. 臣之「進退」，實爲狼狽。（李密〈陳情表〉）

2. 子不知「耕」，婦不知「織」。（韓愈〈進學解〉）

3. 時人不能用其材，曼卿亦不「屈」以求合。（歐陽修〈釋秘演詩集序〉）

4. 子使漆雕開「仕」。（《論語》）

5. 思爲君王「掃」河洛。（陸放翁詩）

例1，進、退、爲三字俱爲動詞，爲字爲句中之主動詞，進退兩動詞變爲名詞用作主詞。例2，散動詞耕、織兩字變爲名詞用作主動詞知字之賓詞。例3，散動詞屈字用在副位，爲介詞以字之賓詞。例4，散動詞仕字變爲補足詞，在賓詞補位。例5，思、掃皆動詞，思爲主動詞，掃河洛爲一名詞短語，用作思字之賓詞，故掃字亦爲散動詞。

（二）作限詞用之散動詞——散動詞變爲限詞，或聯合他詞而成限詞短語，以形容其他名代詞者皆是。

例：1. 「流」水「落」花春去也。（李後主詞）

2. 「點」溪荷葉疊金錢。（杜甫詩）

3. 「逝」者如斯夫；不舍晝夜。（《論語》）

4. 今皆爲「有力」者奪之。（韓愈〈送溫處士赴河陽軍序〉）

例1，流、落兩字均爲散動詞，變爲限詞以形容名詞水與花。例2，點溪兩字爲一限詞短語，以形名詞荷葉，故點爲散動詞。例3，逝字爲散動詞變爲限詞，以形容代詞者字。例4，有力兩字爲一限詞短語，以形容代詞者字，故有字亦爲散動詞。

（三）作副詞用之散動詞——散動詞變爲副詞，或連合他詞而成副詞短語，以疏狀其他動詞者皆是。

例：1. 會羽季父左尹項伯素善張良，夜「馳」見張良。（《漢書・高帝紀》）

2. 「笑」指十三絃。（吳玉松詩）

3. 楊侯始冠，舉於其鄉，「歌鹿鳴」而來也。（韓愈〈送楊少尹序〉）

4. 永之人爭「奔走」焉。（柳宗元〈捕蛇者說〉）

例1，馳字疏狀主動詞見字，已失其動詞之功效，變爲副詞，故爲散動詞。例2，笑字本爲動詞，但在句中爲疏狀主動詞，指字之形態而變爲副詞。例3，「歌鹿鳴而來也」句中歌字與來字俱為重詞，但「來」為主動詞，「歌」則為散動詞，連合鹿鳴兩字而成副詞短語，以疏狀來字。例4，奔走兩字不可認作主動詞，因此句中之焉字作「之」字解。將原句整理，則為「永之人奔走爭之」故知爭字為主動詞，奔走兩字則變為副詞，以疏狀主動詞爭字。此類句中主動詞與散動詞最易混淆，初學者宜細察之。

（丁）動詞之通假

國文中有將名詞、限詞或副詞變作動詞者，以其變用之方式不同而有性變與音變之分。

（一）性變——凡變易名詞、限詞或副詞之本性，活用為動詞者謂之性變。性變有變自名詞、限詞及副詞之分。

例：1. 當時諫臣陳子昂建議：「誅之而『旌』其閭」。（柳宗元〈駁復讎議〉）

2. 「人」其人，「火」其書，「廬」其居。（韓愈〈原道〉）

3. 禹稷當平也，三過其門而不入，孔子「賢」之。（《孟子》）

4. 孰能「一」之。（《孟子》）

5. 而公主列侯「頗」食邑其中。（《史記・漢興以來諸侯年表》）

6. 民之於仁也，「甚」於水火。（《論語》）

例1，旝字本爲名詞。《周禮》：「全羽爲旞，析羽馬旌。」今用作褒榮之意，則爲動詞矣。例2，人、火、廬皆名詞，亦皆變其性而用作動詞。例3、4，賢、一皆限詞，今變其性而用作動詞。例5，頗字本爲副詞，但在此句中則用作動詞。《漢書》顏師古注云：「十五郡中，又往往有公主列侯之邑也。」頗字作「往往有」解。例6，甚字原爲副詞，亦變爲動詞。此類性變以名詞、代詞較多，而副詞甚少見。

（二）音變——凡變易名詞、限詞、或副詞之本音，活用爲動詞者，謂之音變。

音變亦分變自名詞、代詞、及副詞三種。

例：1. 當是時，楚兵「冠」諸侯。（《史記・項羽本紀》）

2. 「雨」我公田。（《詩・大田》）

3. 是以君子「遠」庖廚也。（《孟子》）

4. 君子道「長」，小人道消也。（《易經》）

5. 及其「更」也，人皆仰之。（《論語》）

6. 「將」子無怒，秋以爲期。（《詩・氓》）

例1，冠字本名詞，姑剜切，今變音爲固玩切。例2，雨字本名詞，余乳切，今變音爲余遽切，皆用爲動詞。例3，遠字本限詞，兩卷切，今變音爲喻勸切。例4，長字亦爲限詞，池陽切，今變音爲知養切，亦皆用爲動詞。例5，更字本副詞，固孟切，今變音爲歌亨切。例6，將字亦爲副詞，即央切，今變音爲七羊切。《毛詩傳疏》：「將，願也」則亦變爲動詞矣。除上所舉音變例外，其他詞類亦有類此音變者，如《漢書・景帝紀》：「朕既不敏，弗能『勝』識。」此勝字本爲動詞，試應切，今變意爲書蒸切，則由動詞而用爲副詞矣。古文中類此者甚多。學者宜舉一反三，茲不贅述。

第六章　限詞

（甲）限詞之種類

限詞者，乃附加於名詞，用以區別事物之性態、數量或時地者也。可分爲四類：一、性態限詞。二、數量限詞。三、指示限詞。四、疑問限詞。

（一）性態限詞——凡用以區別事物之形態、性質、程度或時地之限詞曰性態限詞。就所表示之內容。又可分爲下列五種。

一、表性質

例：1.「賢」者而後樂此。（《孟子》）

2.其氣之靈，不爲「偉」人，而獨爲是物。（柳宗元〈小石城山記〉）

3. 故凡為「愚」者，莫我若也。（柳宗元〈愚溪詩序〉）

4. 故「明」主之道，一法而不求智，固術而不慕信。（《韓非子・五蠹》）

5. 「羔」裘「豹」袪，自我人居居。（《詩・羔裘》）

6. 蜉蝣掘閱，「麻」衣如雪。（《詩・蜉蝣》）

例中賢、偉、愚、明等限詞，位於名詞者、人、主等字之前，以示其性。羔、豹、麻等限詞，位於名詞裘、袪、衣等字之前，以示其質。示質之限詞，多由名詞轉成，亦常與其後之名詞，聯成複合名詞。

二、表形體

例：1. 無「高」山「大」野，可登覽以自廣。（蘇轍〈上樞密韓太尉書〉）

2. 「長」烟落日孤城閉。（范仲淹詞）

3. 「高」邱之下，必有「浚」谷。（劉基〈司馬季主論卜〉）

4. 屍塡「巨」港之岸。（李華〈弔古戰場文〉）

5.「小」橋流水人家。（馬致遠〈天淨沙〉曲）

例中高、大、長、浚、巨、小等限詞，位於名詞山、野、烟、邱、谷、港、橋等字之前，以示其形體，亦屬於性態限詞。

三、表狀態

例：1.「白」髮短如許，「黃」菊倩誰簪。（辛棄疾詞〈醉中吟〉）

2. 燕趙多「佳」人，「美」者顏如玉。（古詩）

3.「飛」閣流丹，下臨無地。（王勃〈滕王閣序〉）

4.「落」英繽紛。（陶淵明〈桃花源記〉）

例中白、黃、佳、美等限詞，位於名詞髮、菊、人、者等字之前，以示其靜態。飛、落等限詞，以示閣、英等物之動態，此種示動態之限詞，多由動詞轉來，即動詞散動式之一種，請參閱第五章動詞之散動式。

四、表程度

例：1. 「老」臣病足。（《國策・觸讋說趙太后》）

2. 盧家「少」婦鬱金香。（沈詮期詩）

3. 僮僕歡迎，「稚」子侯門。（陶淵明〈歸去來辭〉）

4. 今臣亡國「賤」俘，至微至陋。（李密〈陳情表〉）

例中老、少、稚、賤等限詞，位於名詞臣、婦、子、俘等字之前，以示其抽象之程度，亦屬性態限詞。

五、表時地

例：1. 「秋」柱遺風，「春」蘿擺月。（孔稚珪〈北山移文〉）

2. 「冬」日則飲湯，「夏」日則飲水。（《孟子》）

3. 「東」面而征「西」夷怨，「南」面而征「北」狄怨。（《孟子》）

4. 橫「中」流兮揚素波。（漢武帝〈秋風辭〉）

例中春、夏、秋、冬等限詞，位於桂、蘿、日等名詞之前，以示時。東、南、西、北、中等限詞，位於面、夷、狄、流等名詞之前，以示地，均屬性態限詞。

（二）數量限詞——數字附加於名詞，用以計事物之數與量者曰數量限詞，可分計數、序數、分數、不定數四種。

一、**計數**——數字附加於名詞之前，用以計事物之整數與量數者，曰計數，其附加於名詞之樣式有二：一、直加，二、帶量詞附加。

例：1. 「一」夫作難，而「七」廟隳。（賈誼〈過秦論〉）

2. 今吾嗣爲之「十二」年。（柳宗元〈捕蛇者說〉）

3. 勸君更進「一」「杯」酒。（王維詩）

4. 於是齊威王乃益齎黃金「千鎰」白璧「十雙」，車馬「百駟」。

（《史記・滑稽列傳》）

5.「一尊」還酹江月。（蘇軾詞）

6.故馬或奔踶而致「千里」。（《漢書・武帝紀》）

例1、2，一、七、十二等數字直加於名詞夫、廟、年等字之前，以計其數。例3，酒以杯計，杯爲量詞，故「二」爲帶量詞之限詞附加於名詞之前以計其數量。亦有位於名詞之後者，如例4，千鎰、十雙、百駟俱位於黃金、白壁、車馬之後，亦有帶量詞後而反略去名詞者，如例5、6，「一尊」後略去酒字，「千里」後略去名詞路字皆是。

二、**序數**──數字不用以計數，只用以計次第者，曰序數。序數與計數常易混同，故序數必用「第」字表示，但實際古文中多將第字省略，則須就文字之性質辨認之。

例：1.其「第五」章乃明善之要，「第六」章乃誠身之本。（《大學》註）

2.軾不自意，獲在「茅二」。（蘇軾〈上梅直講書〉）

3.河陽軍節度御史大夫烏公，爲節度之「三月」。（韓愈〈送石處士序〉）

4. 慶曆「四年」春，滕子京謫守巴陵郡。（范仲淹〈岳陽樓記〉）

5. 子厚諱宗元，「七世」祖慶，爲拓跋魏侍中。（韓愈〈柳子厚墓誌銘〉）

例1，以第字附於數字「五、六」之前，以形容名詞「章」字，此序數之完全式，例2，第字附於數字「二」字之前，反將其後之名詞省略。例3、4、5數字前均未附第字，皆爲不完全式。

三、**分數**——將事物分爲若干分，用數字表示其比例之成分者曰分數，其完全式爲分母在前，分子在後，中以「之」字介之。

例：1. 冬至，日在年二十一度「四」分度之「一」。（《漢書・律曆志》）

2. 大都不過「參」國之「一」。（《左傳・隱公元年》）

3. 子一分，丑「三分二」，寅「九分八」。（《史記・天官書》）

4. 請野「九一」而助。（《孟子》）

5. 髡竊樂此，飲可「八斗」而醉「二參」。（《史記・滑稽列傳》）

例1，「四」爲分母，居於前，「一」爲分子居於後，中以「之」字介之，此爲完全式。有將分字省略者，如例2，參字後省分字。有省之字者，如例3，丑三分二，寅九分八，皆省之字。有將「分」、「之」兩字俱省者，如例4，是。更有將分母亦省略者，如例5，「醉二參」乃「醉十分之二參」之意，省「十分之」三字，皆爲不完全式。

四、不字數——數字用以計事物之數量，尚未確定者，曰不定數。不定數又分餘數不定，及全數不定兩種。

a餘數不定

例：1. 後百「餘」年而有晏子焉。（《史記・管晏列傳》）

2. 齊國之士，待臣而舉火者，三百「餘」人。（錢公輔〈義田記〉）

3. 魴率吏士七十「許」人，力戰累日。（《後漢書・馮魴傳》）

4. 才留三千「所」兵，守武昌耳。（《吳志・周魴傳》）

5. 自後賓客絕百「所」曰。（《世說》）

例中餘、許、所等皆爲不定數，專用以表示不定之餘數。如將其前之整數除去，則不能單獨存在，此類不定數中餘、許二字近代尚通用，惟所字很少見。

b 全數不定

例：1. 此「數」寶者，秦不生一焉。（李斯〈諫逐客書〉）

2. 問天子之年，對曰：「始服衣『若干』尺矣」。（《禮記・曲禮》）

3. 「群」山糾紛。（李華〈弔古戰場文〉）

4. 「眾」人皆醉而我獨醒。（《史記・屈原列傳》）

5. 「諸」大夫皆曰賢。（《孟子》）

6. 一人有慶，「兆」民賴之。（《書・周書・呂刑》）

7. 今「幾」日耳，精悍之色猶見於眉間，而豈山中之人哉！（蘇軾〈方山子傳〉）

8. 先生能飲「幾何」而醉。（《史記・滑稽列傳》）

9.「數」問其家，金餘尚有「幾所」。（《漢書‧疏廣傳》）

10.奈何成離居，相去復「幾許」。（李白詩）

例中數、若干、群、眾、諸等字，皆為不定數。亦有本為定數用為不定數者，如例6，「兆」本定數，今作眾字解，則為不定數矣。例7、8、9、10中幾、幾何、幾所、幾許等雖為不定數，但兼有疑問性質，故又兼為疑問限詞。

(三) 指示限詞——凡用以指示事物之所在或範圍之限詞曰指示限詞。指示限詞與指示代詞之區別，惟視其後綴以何種詞類。如所綴為名詞，則應認為指示限詞，因指示代詞除其、者兩字外，餘均不用於領位也。指示限詞可分為直接、旁指、泛指三種。

一、直接

例：1.「此」恨綿綿無絕期。（白居易〈長恨歌〉）

2.「是」夕也，火星果徙三舍。（《呂氏春秋》）

3. 「斯」民也，三代之所以直道而行也。（《論語》）

4. 惟「茲」臣庶。（《書．大禹謨》）

5. 「時」日曷喪，予及汝偕亡。（《書經．湯誓》）

6. 顧「諟」天之明命。（《大學》引〈太甲〉）

7. 「夫」夫也，爲習爲禮者。（《禮記．檀弓》）

8. 君子哉「若」人。（《論語》）

9. 「之」子于歸，宜其室家。（《詩．桃夭》）

10. 舉卻「阿堵」物。（《世說》）

11. 何物老嫗，生「寧」馨兒。（《晉書．王衍傳》）

12. 「者」雙燕何曾會人言語。（宋徽宗詞）

13. 三十六峯猶不見，况伊如燕「這」身材。（《才調集》無名氏詩）

14. 等「恁」時重覓幽香，已入小窗橫幅。（姜夔詞）

例中此、是、斯、茲、時、諟、夫、若、之等字之後均爲名詞，故爲指示限詞。例5、6，時、諟兩字，皆讀爲是，例7，夫字，鄭注：「夫夫猶言此丈夫也」。例8，若人即此人也。例9，陳奐疏：「之，猶是也。」。晉代以後，方言用阿堵、寧馨、者、這、恁等字爲指示限詞。阿堵猶言這個，寧馨二字據劉淇云：「寧字去聲，與恁同，俗云如此也。馨、餘語聲」故列入直指之列。

二、旁指

例：1. 陟「彼」崔嵬。（《詩．卷耳》）

2. 此宜禽獸夷狄所不忍爲，而「其」人自視以爲得計。（韓愈〈柳子厚墓詩銘〉）

3. 所謂「伊」人，在水之湄。（《詩．蒹葭》）

4. 「某」水「某」丘，吾童子時所釣遊也。（韓愈〈送楊少尹序〉）

5. 「匪」舌是出，「維」躬是瘁。（《詩．雨無正》）

例中彼、其、伊、某等字之後均爲名詞，故爲指示限詞。例5，匪、維兩字亦爲指示限詞。《經傳釋詞》謂匪與彼古通，《爾雅釋詁》、《毛詩傳》皆曰：「伊，維也。」伊可用爲指示限詞，維亦當同，故「匪舌是出，維躬是瘁」言「彼舌是出，彼躬是瘁」也。惟匪、維兩字用爲指示限詞，僅於經典中見之，近代已不用。

三、**泛指**

例：1. 子入太廟，「每」事問。（《論語》）

2. 「凡」物皆有可觀。（蘇軾〈超然臺記〉）

3. 「夫」人愁痛，不知所庇。（《左傳・襄公八年》）

4. 或「靡」事爲不。（《詩・北山》）

例1、2，每、凡二字均位於名詞之前，故爲指示限詞。例3，杜注：「夫人猶人人也。」故夫字即可用爲直指，又可列入泛指。例4，靡字，《爾雅》云：「靡、罔，無也」亦屬泛指限詞。

（四）疑問限詞——凡用以詢問事物之種類、性狀或數量等之限詞曰疑問限詞。

此類限詞中，以「何」字最常用。

例：1. 未知明年又在「何」處。（王禹偁〈黃岡竹樓記〉）

2. 曾記其手泐平安，拳致衷曲，未審以「何」時得達。（多爾袞〈致史可法書〉）

3. 予謂童子，此「何」聲也，汝出視之。（歐陽修〈秋聲賦〉）

4. 賢智之士，「奚」時得用。（《韓非子・人主》）

5. 「孰」君而無稱。（《公羊傳・昭公二十五年》）

6. 顧「安」所得酒乎。（蘇軾〈後赤壁賦〉）

7. 魂氣飄飄，「焉」所安神。（蔡邕文）

8. 凡人主，必信。信而又信，「誰」人不親。（《呂氏春秋・貴信》）

9. 「胡」禁不止，「曷」令不行。（《漢書・王褒傳》）

10. 吾將「惡」許用之。（《墨子・非樂》）

11. 柳映江潭「底」有情。（李義山詩）

12. 夜涼獨自「甚」情緒。（姜夔詞）

例中何、奚、孰、安、焉、誰、胡、曷、惡等均為疑問限詞。奚、孰、安、焉、誰、胡、曷、惡等，均可作何字解。安所、焉所、惡許，均作何處解。唐以後詩詞中有用底、甚等字，亦屬疑問限詞。至於幾、幾何、幾所、幾許等疑問限詞，前已有例，茲不贅舉。

（乙）限詞之用途

限詞之用途有二：一為附加於名詞之前，作修飾用；一為位於同動詞或不完全外動詞之後，用作補足詞。

一、**作修飾用**——限詞常附加於名詞之前，以修飾名詞，故凡句中有名詞處，皆可用限詞。古文中限詞多屬直加於名詞之前，上節舉例甚多，茲不贅述。惟名詞、代詞或動詞與他詞結合而成之短語，用作限詞時，其與名詞結合之方式，除直加外，尚有帶介詞「之」字，然帶介詞之字與否，常視語調之需要，或視與名詞之關係如何而定。

例：1. 先帝慮漢賊不兩立，「王」業不偏安。（諸葛亮〈後出師表〉）
2. 「苔」痕上階綠，「草」色入簾青。（劉禹錫〈陋室銘〉）
3. 「惻隱之」心，人皆有之。（《孟子》）
4. 使「天下之」人，不敢言而敢怒。（杜牧〈阿房宮賦〉）
5. 惟器是適者，「宰相之」方也。（韓愈〈進學解〉）
6. 「游食之」民，未盡歸農也。（鼂錯〈論貴粟疏〉）
7. 「爲將之」道，當先治心。（蘇洵〈心術〉）

例中1、2中，王業、苔痕、草色等，限詞俱直加於名詞之前，若帶介詞「之」字，則爲王之業，苔之痕、草之色，反不順耳。例3、4可將之字省略，但省略後，語氣較爲急促，不若加之字爲美。但如將例5、6、7等句中「之」字省略，則宰相與方、游食與民，爲將與道之關係不明，故此類之字，又不可省。

二、作補足詞用——限詞除用以修飾句中一切名詞之外，尚有重要之用途，即位於同動詞或不完全外動詞之後，用作補足詞。

例：1.先王之道，斯爲「美」，小大由之。（《論語》）

2.溫國公司馬子，色「黃」，貌「癯」，「目峻」，準「直」。（宋濂〈宋九賢遺像記〉）

3.齊國雖「偏小」，吾何愛一牛。（《孟子》）

4.山澗「清」直「淺」，遇以濯我足。（陶潛詩）

5.孟子道性「善」。（《孟子》）

6.衆人皆曰「賢」。（《孟子》）

例1，限詞美字，位於同動詞爲字之後，作主詞斯字之補足詞。但同動詞常被省略，如例2、3、4皆省動詞，惟此類句法，亦可竟將限詞視作述詞。限詞亦可用作賓詞補足詞，如例5、6即是。

（丙）限詞之比較法

性態限詞如長、短、紅、白之類，用以修飾名詞，以示事物之性態。惟事物之性態，可以彼此相同，例如紅字可用之於花，亦可用之於葉。同一之性態，有深淺高下之分。因此限詞有比較法，限詞之比較有三：一、平比，二、差比，三、極比。茲分述之。

一、平比——二同性態之事物，彼此相比，略無等差者，曰平比。相比時，類綴以如、猶、若、似等字，以示其相等。

例：1. 白髮三千丈，離愁「似」箇長。（李白詩）

2. 察宗室諸竇，毋「如」竇嬰賢。（〈魏其列傳〉）

3. 曉煙平「似」水。（雍陶詩）

4. 同心之言，其臭「如」蘭。（《易・繫辭》）

5. 體「若」凝酥，腰「如」嫩柳。（《西廂記・後侯》）

6. 群臣進諫，門庭「若」市。（《國策・鄒忌諷齊王納諫》）

7. 夫兵「猶」火也，弗戢將自焚也。（《左傳・隱公四年》）

例1，綴似字以比其長，例2，綴如字以比其賢，其完全式應為「離愁長似箇長」、「察宗室諸竇賢，毋如竇嬰賢。」惟因修辭關係，兩性態限詞常省略其一。例3、4，水、蘭兩字後亦省平字、臭字，但亦有兩性態限詞俱被省略者如例5，體字後省柔滑兩字，而凝酥後亦同時省去。又腰字後省纖弱兩字，嫩柳後亦將纖弱兩字省略，僅以體正與凝酥，腰與嫩相比，此種句式僅於所比之性狀不言自明之時，方可採用。例6、7，均與例5同一句式。

二、差比—兩種事物，就同一性態相比，其性態有差異時，曰差比。相比時，類綴以「於」、「比」等字以示其差。

例：1. 人「比」黃花瘦。（李清照詞）

2. 苛政猛「於」虎也。（柳宗元〈捕蛇者說〉引孔子語）

3. 夫冀北馬多天下。（韓愈〈送溫處士赴河陽軍序〉）

4. 婦色勝桃花。（周弘正〈看新婦詩〉）

例1，人比黃花瘦，即人瘦比黃花瘦，略去前項瘦字。例2，苛政猛於虎，即苛政猛於虎猛，於字有過字之義，略去後項猛字。例3，冀北馬多天下，即冀北馬多於天下之多，略去後項多字，且不綴於字。更有前後兩限詞俱被省略，僅以兩名詞相比者，如例4，婦色後省美字，桃花後美字亦省，且不綴於比等字而以勝字代之。

三、**極比**——多種事物，就同一性態相比，其中有一事物達於至極者曰極比。相比時，限詞前綴以最字。

例：1. 老臣賤息舒祺，「最」少，不肖，而臣衰。（《國策・觸讋說趙太后》）

2. 今日宮中年「最」老，大家遙賜尙書號。（白居易詩）

3. 是時，賈生年二十餘，「最」爲少。（《漢書・賈誼傳》）

4. 諸侯或來賓從，而蚩尤「最」爲暴。（《史記・五帝紀》）

例1，最少即年最少也，少字前綴以最字，以示其極。例2，老字前亦綴以最字，而年字未省，皆極比也。更有附動詞於最字之後者，如例3、4，均附動詞爲字，此爲極比之又一式。

第七章 副詞

（甲）副詞之種類

副詞與限詞作用相同，惟限詞用以修飾名詞、代詞，而副詞則用以疏狀動詞、限詞或其他副詞。副詞可分性態、時間、地位、數量、否定、疑問等六種。

（一）性態副詞——凡疏狀一切動作，或某種情況之性態之副詞，曰性態副詞。

例：1. 擇其「善」鳴者而假之鳴（韓愈〈送孟東野序〉）

2. 桃花「依舊」笑春風（崔護詩）

3. 此真少卿所「親」見（司馬遷〈報任少卿書〉）

4. 落絮縈風「特地」飛（方雄飛詩）

5. 何當共剪西窗燭，「卻」話巴山夜雨時（李義山詩）

6. 非才之難，所以自用者「實」難（蘇軾〈賈誼論〉）
7. 舜居嬀汭，行「彌」謹（《史記・五帝紀》）
8. 余并論次，擇其言「尤」雅者，故著爲本紀書首（《史記・五帝紀》）
9. 若「果」賢，則固畏天命而閔人窮也（韓愈〈爭臣論〉）
10. 晚年憤「益」深，佯狂「益」甚（袁宏道〈徐文長傳〉）
11. 則弟子之惑「滋」甚（《孟子》）
12. 况臣孤苦，特爲「尤」甚（李密〈陳情表〉）

例中善狀鳴、依舊狀笑、親狀見、特地狀飛、卻狀話，皆以副詞疏狀動詞。實狀難、彌狀謹、尤狀雅、果狀賢、益狀深，皆以副詞狀限詞。益狀甚、滋狀甚、尤狀甚，皆以副詞狀副詞也。

（二）時間副詞——凡表示動作之時間，或緩急久暫之副詞，曰時間副詞。可分：

一、表過去，二、表現在，三、表未來，四、表不定時。

一、表過去

例：1. 魂魄不「曾」來入夢（白居易〈長恨歌〉）

2. 屈原「既」絀（《史記・屈原列傳》）

3. 此二子者，豈「嘗」執筆學爲如此之文哉！（蘇轍〈上樞密韓太尉書〉）

4. 天子「業」出兵誅宛（《漢書・李廣傳》）

5. 曼卿「已」死（歐陽修〈釋祕演詩集序〉）

6. 「剛」被太陽收拾去（韋應物詩）

7. 「初」鄭武公娶于申（《左傳・隱公元年》）

8. 項王范增疑沛公之有天下，「業已」講解（《史記・項羽本紀》）

9. 如今「格」是頭成雪（白居易詩）

10. 「隔」是身如夢（元稹詩）

例中曾、既、嘗、業、已、剛、初等字，俱爲時間副詞，表過去者。業、已兩字，有時可合爲一詞，如例8即是。尚有格、隔兩字亦爲時間副詞表過去者，如例9、10，洪邁《容齋隨筆》云：「格隔義同，猶云已是也。」惟此類字不多見。

二、表現在

例：1. 君薄淮陽耶？吾「今」召君矣（《漢書・汲黯傳》）

2. 吾「方」知之矣（孔稚珪〈北山移文〉）

3. 我思舜，「正」鬱陶（《史記・五帝本紀》）

4. 天子春秋「鼎」盛（《漢書・賈誼傳》）

5. 天下「初」定未久（《史記・外戚世家》）

6. 陛下之臣，雖有悍如馮敬者，「適」啓其口，匕首已陷其胸矣（《漢書・賈誼傳》）

7. 「會」東從上來（司馬遷〈報任少卿書〉）

例中1、2、3，今、方、正等字，俱爲時間副詞表現在者。例4，鼎字亦是，應劭云：「鼎，方也。」。例5，初定猶言方定也。例6、7，適、會亦爲表現之時間副詞，劉淇曰：「適，甫也，方也。」又云：「此會字，猶適也。」

三、表未來

例：1. 術者謂我歲行在戍「將」死（歐陽修〈瀧岡阡表〉）
2. 拯哀懼，泣告姊，「後」復無爲此言（王拯〈媭碪課誦圖序〉）
3. 「行」與子遠兮（《詩・十畝之間》）
4. 彼「且」奚適也（《莊子・逍遙遊》）
5. 小人則「將」及水火，君子則「方」成猿鶴（庾子山〈哀江南賦〉）
6. 池水始浮，庭雪「向」飛（梁簡文帝文）
7. 君「爲」來見也（《孟子》）
8. 路上行人「欲」斷魂（杜牧詩）

例1、2、3、4，將、後、行、且等俱爲時間副詞，表未來者。例5方字亦是，劉淇云：「方亦將也，將亦方也，古人文別而義同，如此類甚多，非有兩義。」例6向字，劉淇云：「向，已也。」但楊過夫曰：「向，將也，近也。」復言之則爲「將向」，如《後漢書．段熲傳》：「餘寇殘盡，『將向』殄滅。」故向字亦可謂爲表未來之時間副詞。例7爲字亦是。《經傳釋詞》云：、爲，猶將也」。唐詩中用欲如將。如例8，「欲斷魂」即「將斷魂」也。

四、表不定時

例：1. 千里馬「常」有（韓愈〈雜說四〉）

2. 而智謀雄偉非常之士，無所用其能者，「往往」伏而不出（歐陽修〈釋秘演詩集序〉）

3. 陸生「素」與平原君善（《史記．陸賈列傳》）

4. 「恆」思皇后祖載之時，東郡有盜人妻者（蔡中郎〈陳政要七事〉）

5. 「始」作俑者，其無後乎！（《孟子》）

6. 雖然，受地於先王，願「終」守之，弗敢易。（《國策．唐雎不辱使命》）

7. 帝「宿」重陶才，原其罪（《後漢書．劉陶傳》）

8. 「猛」聽得一聲去也，鬆了金釧（《西廂記．哭宴》）

9. 「一旦」山陵崩，長安君何以自託於趙（《國策．觸讋說趙太后》）

10. 雍齒「雅」不欲屬沛公（《史記．高帝紀》）

例中常、往往、素、恆、始、終、宿、猛、一旦等字，皆泛指時間，故爲表不定時之時間副詞。例10雅字，服虔曰：「雅，故也。」，蘇林曰：「雅，素也。」則雅字亦爲表不定時之時間副詞。

(三) 地位副詞—凡表明動作之方位，或遠近高下之副詞曰地位副詞。

例：1. 「西」喪地於秦七百里，「南」辱於楚，寡人恥之。（《孟子》）

2. 回頭「下」望人寰處（白居易〈長恨歌〉）

3. 「上」律天時（《中庸》）

4. 不知夫公子王孫，「左」挾彈，「右」攝凡，將加己乎十仞之上

（《國策・莊辛論幸臣》）

5. 旗旄導「前」而騎卒擁「後」（歐陽修〈相州晝錦堂記〉）

6. 父母在，不「遠」遊（《論語》）

7. 能「近」取譬（《論語》）

8. 「爰」居「爰」處，「爰」笑「爰」語（《詩・斯干》）

9. 莽執宇送獄，飲藥死，宇妻「焉」生子（《漢書・王莽傳》）

例中西、南、上、方、左、右、前、後等字用表確定之地；遠、近則表泛指之地，俱為地位副詞。例8，「爰」為「於焉」之合音，如《詩經・白駒》：「於焉逍遙」言於此逍遙也，亦有逕用焉字者，如例9即是，皆為地位副詞。

（四）數量副詞——凡表明一切動作之次數或範圍之副詞曰數量副詞。

例：1. 回眸「一」笑百媚生（白居易〈長恨歌〉）

2. 「九」合諸侯（《史記・管晏列傳》）

3. 及觀斬衣「三」躍（方孝儒〈豫讓論〉）
4. 崔九堂前「幾度」聞（杜甫詩）
5. 回也其庶乎！「屢」空（《論語》）
6. 常憐古圖畫，「多半」寫漁樵（林逋詩）
7. 前度劉郎今「又」來（劉禹錫詩）
8. 前書倉卒，來盡所懷，故「復」略而言之（李陵〈答蘇武書〉）
9. 中年，兄歿南方，吾與汝「俱」幼（韓愈〈祭十二郎文〉）
10. 眾人「皆」醉，而我「獨」醒（《史記．屈原列傳》）

例中一狀笑、九狀合、三狀躍，皆表明動作之確定次數。「幾度」、「屢」、「多半」，皆表多次。「又」、「復」，皆表動作之重複，俱、皆、獨，皆表動作之範圍，皆爲數量副詞。

（五）否定副詞——凡副詞對於所狀之詞逆其意而狀之者曰否定副詞。

例：1. 吾聞之，古「不」修墓（《禮記・檀弓》）
2. 孤燈挑盡「未」成眠（白居易〈長恨歌〉）
3. 汝今「弗」勉學，毋氏地下戚矣！（王拯〈媭碪課誦圖序〉）
4. 百畝之田，「勿」奪其時（《孟子》）
5. 醉臥沙場君「莫」笑（王翰〈涼州詞〉）
6. 「毋」自欺也（《大學》）
7. 雖讀禮傳，「微」愛屬文（《顏氏家訓》）
8. 臣出晉君，君納重耳，「蔑」不濟矣（《左傳・僖公十年》）
9. 夙夜「匪」解（《詩・大雅》）
10. 賢人「曼」云（揚雄《法言》）

例中不狀修、未狀成、弗狀學，用以表反決之意；勿狀奪、莫狀笑、毋狀欺，用以表禁阻之意，皆爲否定副詞。古書中尙有用微、蔑、匪、曼等字者，如例7，劉淇曰：「此微字，不辭也。」例8蔑字，《廣韻》曰：「無也。」例9匪字，劉淇曰：「不也。」例10曼字，

《小爾雅廣詁》：「曼，無也。」皆爲否定副詞。

（六）疑問副詞——凡用以詢問關於動作或情況之原因，或方法之副詞，曰疑問副詞。

例：1. 吾「何」愛一牛（《孟子》）
2. 子「奚」不爲政（《論語》）
3. 「焉」知來者之不如今也（《論語》）
4. 田園將蕪，「胡」不歸（陶淵明〈歸去來辭〉）
5. 「安」見方六七十，如五六十，而非邦也者（《論語》）
6. 時日「曷」喪，予及汝偕亡（《書．湯誓》）
7. 「盍」各言爾志（《論語》）
8. 然則，「蓋」行乎（《禮記．檀弓》）
9. 「闔」不起爲寡人壽乎（《管子．小稱》）
10. 夫子「闔」行邪，無落吾事（《莊子》）

例中何、奚、焉、胡、安等字本爲代詞，今因動詞後已有賓詞，故應認爲疏狀動詞之副詞。惟何、奚、等字，本居副立，其前介詞被省略，如「何愛」猶言「爲何愛」，奚不爲猶言「爲奚不爲」，「焉知」猶言「於何知」，「胡不歸」猶言「爲胡不歸」，然於文法中，此類不帶介詞之副位代詞，例可認爲副詞，故何、焉、奚、胡、安等爲疑問副詞，古書中尚有用曷、盍、蓋、闔等字，《爾雅・釋言》：「曷、盍也。」郭注：「盍，何不也。」《廣雅》：「曷、盍，何也。」如例6、7均作何不解。查盍又通作蓋、闔，如例8、9、10即是。惟例9闔字僅作何字解，例10則作何不解矣，故曷、盍、蓋、闔等字，亦爲疑問副詞。

（乙）副詞之通假

國文中有名詞、動詞、限詞用作副詞者，茲分述之。

（一）名詞用作副詞

例：1. 童子「隅」坐而執燭（《禮記・檀弓》）

2. 滿堂兮美人，忽獨與余兮「目」成。（屈原〈九歌〉）

3. 豕「人」立而啼（《左傳・莊公八年》）
4. 介胄之士，「膝」語「蛇」行（袁宏道〈徐文長傳〉）
5. 今而後知君之「犬馬」畜伋（《孟子》）

例中隅、目、人、膝、蛇、犬、馬等字均為名詞，今加於動詞坐、成、立、語、行、畜等之前，則用作副詞。惟此類名詞，本居副位，如例1，隅字前省介詞於字；例2，目字前省介詞以字；例3，人字前省介詞如字；例4，膝字前省以字，蛇字前省如字；例5，犬馬兩字省以字皆是。因其不帶介詞，故認為副詞矣。

（二）動詞用作副詞

例：1. 顧藉謂功業可「立」就（韓愈〈柳子厚墓誌銘〉）
2. 別來「行」復四年（曹丕文）
3. 又「動」欲慕古，不度時宜（《漢書・食貨志》）
4. 雖假符僭稱，「歸」將安所取容哉（《後漢書・袁術傳》）

5. 當此之時，楚兵數千人為聚者，不可「勝」數（《史記・陳涉世家》）

例中立、行、動、歸、勝等字，本為動詞，今「立」作即時解，「行」作將字解，動字有動輒之義，劉淇曰：「動，舉動也；輒，即也，言每舉動即如此也。」，歸為終竟之亂，勝數為悉數之意，皆變易其動詞之性質，而用作副詞矣。

(三) 限詞用作副詞

例：1. 南容「三」復白圭（《論語》）

2. 門人「厚」葬之（《論語》）

3. 上意欲令「小」加弘潤（《世說》）

4. 如我死，則必「大」為我棺（《禮記・檀弓》）

5. 多見其不知量也（《論語》）

例中三、厚、小、大、多等字本為限詞，今用以疏狀復、葬、加、為、見等動詞，則用作副詞矣。

第八章 介詞

介詞者，介兩詞之間而造成其關係者也以其位於名詞或代詞之前後不一，可分為前介詞與後介詞兩種。

(甲) 介詞之種類

(一) 前介詞——介詞位於名詞或代詞之前與名詞或代詞合成副詞短語以疏狀動詞或修飾限詞者曰前介詞。前介詞所介之名詞，在動詞必為表示時地、原因、工具、對手及範圍者，在限詞必為表示比較及範圍，故前介詞可分為時地、原因、工具、對手、比較、範圍等六種。

一、時地介詞

例：1. 王坐「於」堂上（《孟子》）

2. 子「在」齊聞韶（《論語》）

3.「對」酒當歌，人生幾何（魏武帝詩）
4.軾每讀詩「至」鴟鴞，讀書「至」君奭（蘇軾〈上梅直講書〉）
5.歐陽子「方」夜讀書聞有聲「自」西南來者（歐陽修〈秋聲賦〉）
6.「自從」信誤青鸞，想籠鸚停喚（蔣捷〈金盞子詞〉）
7.「及」其鋒而用之，可以有大功（《史記・高帝紀》）
8.「比」夜，則姊恆執女紅（王拯〈媭碪課誦圖序〉）
9.「比及」葬，三易衰（《史記・魯世家》）
10.「値」秋雁兮飛日，「當」白露兮下時，怨復怨兮遠山曲，去復去兮長河湄（江文通〈別賦〉）
11.「乘」便利時，奪取其國（《漢書・元后傳》）
12.「迨」天之未陰雨，綢繆牖戶（《詩・鴟鴞》）
13.願君「逮」楚趙之兵未至於梁，亟以少割收魏（《史記・穰侯列傳》）
14.所求「乎」臣（《中庸》）

例中於、在、對、至、自等前介詞所合成之副詞短語為表示坐、聞、歌、讀、來等動詞動作所在、所向或所從之地方；自從、及、比、比及、值、當、乘等前介詞所組成之副詞短語，為表示聞、想、用、執、易、怨、去、奪等動詞，動作之時間，故皆為時地介詞。例11乘即趁字，古文中尚有「迨」、「逮」等字皆屬趁義，如例12、13即是。例14「乎」字，劉淇曰：「此乎字猶云於也。」故亦為時地介詞。

二、原因介詞

例：1. 孤筝幾柱，問「因」甚參差，暫成離阻（史邦卿詞）

2. 此秋聲也，胡「為」乎來哉。（歐陽修〈秋聲賦〉）

3. 此里仁所「以」為美，孟母所「以」三從也（潘安仁〈閑居賦〉）

4. 「賴」子得顯（《史記・張儀列傳》）

5. 「緣」季子之心而為之諱（《公羊傳・閔公元年》）

6. 王前欲代齊，員彊諫，已而有功，「用」是反怨（《史記・越世家》）

7. 古者大臣有「坐」不廉而廢者（《漢書・賈誼傳》）

例中因、爲、以、賴等前介詞所合成之副詞短語，爲表事實行爲之原因，故爲原因介詞。古文中尙有用「緣」、「用」、「坐」等字者，劉淇曰：「緣，因也。」「用是，猶云用此也。」「坐，猶今云緣也。」故「緣」、「用」、「坐」等字亦爲原因介詞。

三、對手介詞

例：1. 王若欲伐之，必「與」天下圖之（《史記・樂毅列傳》）

2. 其「以」宋升降乎（《左傳・襄公二十九年》）

3. 寡人獨「爲」仲父言而國人知之何也（《韓詩外傳》）

4. 是「與」人爲善者也（《孟子》）

5. 謹遣子勇「隨」獻物入塞（《後漢書・班超傳》）

6. 善「爲」我辭焉（《論語》）

7. 願「比」死者一洒之（《孟子》）

8.僕又佴之蠶室，重「爲」天下觀笑（司馬遷〈報任少卿書〉）

9.身負國恩，「爲」世所悲（李陵〈答蘇武書〉）

10.剛「被」太陽收拾去，卻「教」明月送將來（韋應物詩）

11.「對」此如何不淚垂（白居易〈長恨歌〉）

12.元爲王，專「代」吏治事（《史記・五宗世家》）

例1與字有和字義，介名詞「天下」合成副詞短語，以表亦動作之所與，故爲對手介詞。古文中有用「以」字「爲」字如與字者。如2、3皆是。與字又有給字義，如例4亦爲對手介詞。例5「隨」字亦有表示所與之意。例6「爲」字（喻睡切）與代詞「我」組成副詞短語，以表示動作之所爲，古文中有用比字如爲字者，如例7。爲字亦有用於被動語氣者如例8，此類爲字後，有用「所」字關聯者如例9（請參閱動詞章〈施動式與被動式〉）有直接用「被」字者，如例10，此外尚有「教」、「對」、「代」等字，皆爲對手介詞。

四、工具介詞

例：1.道之「以」政，齊之「以」刑（《論語》）

2.魯人皆「以」儒教，而朱家「用」俠聞（《史記．遊俠列傳》）

3.仍「將」思愛刀，割此衰老腸（蘇軾〈哭幹兒詩〉）

4.其君無日不討國人而訓之「于」民生之不易（《左傳．宣公十二年》）

5.子胥進諫不聽，頸「而」獨鹿（《荀子．成相》）

6.湯之客田甲，湯爲小吏時，「與」錢通（《漢書．酷吏傳》）

例中以、用、將等字與所介之政、刑、儒、俠、刀等名詞合成副詞短語，以表動詞動作所用之工具，故皆爲工具介詞，古文中有用「于」、「而」、「與」如「以」字者，如例4「于」字，劉淇曰：「訓之于民生之不易，猶云訓之以民生之不易。」例5「頸而獨鹿」即「頸以獨鹿也。」例6「與錢通。」徐廣曰：「謂以利交也。」故「于」、「而」、「與」等字亦爲工具介詞。

五、比較介詞

例：1. 草綠衫「同」，花紅面「似」（庾信〈東宮行雨山銘〉）

2. 君子之交淡「若」水（《莊子・山木篇》）

3. 詩膽大「如」天（劉義逸詩）

4. 人「比」黃花瘦（李清照詞）

5. 子貢賢「於」仲尼（《論語》）

例中同、似、若、如等字與所介之衫、面、水、天等名詞，合成副詞短語以說明限詞比較之情形，故爲比較介詞，比較介詞有平比差比之分。同，似、若、如等均屬平比，尚有差比者如例5、6，「比」、「於」亦爲比較介詞。

六、範圍介詞

例：1. 愈「於」太傅府年最少（韓愈〈送李正字序〉）

2. 孔子弟子曾參最少（柳子厚〈論語辨〉）

3. 楊么云：「欲犯我者，『除是』飛來」（《宋史・岳飛傳》）

4. 問相思，甚了期，「除非」相見時（晏叔原〈長相思詞〉）

5. 「微」管仲，吾其被髮左衽矣（《論語》）

6. 民「非」水火不生活（《孟子》）

例1於字與所介之名詞太傅府合成副詞短語以說明限詞少字之範圍，故爲範圍介詞。惟此類介詞常被省略，如例2孔子弟子前省「於」字。尚有表動作之範圍者，如例3、4、5、6，故「除是」、「微」、「非」亦爲範圍介詞。

（二）後介詞——介詞位名詞或代詞之後，與名代詞合成限詞短語，以修飾其後之名詞者，曰後介詞。文言文中後介詞多用「之」字，間有用其用斯者，惟不多見。（請參閱位次章〈副位例〉）其前後名代詞之關係，有所有與修飾兩種性質，而所有亦即修飾之另一方式而已。

一、所有

例：1.仲尼「之」徒，無道桓文「之」事者。（《孟子》）

2.蒙聖主之渥恩（王子淵〈洞簫賦〉）

3.眾鷄鳴而愁予兮，起視月「之」精光（司馬長卿〈長門賦〉）

4.庶青萍結綠，長價於薛卞「之」門（李白〈與韓荊州書〉）

5.然而累汝至此者，未嘗非子「之」過也（袁枚〈祭妹文〉）

6.非「吾」徒也（《論語》）

例中後介詞「之」字位於仲尼、桓文、聖主、月、薛卞等名詞予、吾等代詞之後，以示其後名詞爲其前之名代詞所有。惟事物有時非僅爲一人一物所有，故其前之名（代）詞，不僅一位。如例1桓文、例4薛卞皆有二名詞也。此類後介詞之字亦可省略如例6即是。惟後介詞省略與否，純依句中有無需要而定，請參閱限詞章〈限詞之用途〉。

二、修飾

例：1.子曰：「『十室』之邑，必有忠信如上者焉。不如丘之好學也。」（《論語》）

2.千乘「之」國弒其君者，必百乘「之」家（《孟子》）

3.惟仁人君子豪傑「之」士，爲能出身爲天下犯大難，以求成大功（蘇軾〈鼂錯論〉）

4.雨雪「之」朝，風月「之」夕，予未嘗不在，客未嘗不從。（蘇軾〈超然臺記〉）

5.此皆疾吏「之」風，悲痛「之」辭也（路溫舒〈尙德緩刑書〉）

6.仰觀宇宙「之」大，俯察品類「之」盛（王羲之〈蘭亭集序〉）

例中後介詞「之」字位於室、乘等名詞之後，以修飾其後之名詞吏、國、家等。此類介詞前之名詞，亦可隨意增加，如例3、4皆是。惟因其爲修飾故，後介詞前有非真正名詞者，如例5「疾吏」爲一限詞短語，悲痛亦用爲限詞。而介詞之後，亦有非真正名詞者，如例6「大」、「盛」俱爲限詞。

（乙）前介詞位置之變換

前介詞以位於名代詞之前爲原則，但有倒置於後者，其倒置之條件有三：

一、**前介詞介疑問代詞時，恆倒置於後**。

例：1. 胡「爲」乎以五斗而易爾七尺之軀（王守仁〈瘞旅文〉）

2. 翡翠衾寒誰「與」共（白居易〈長恨歌〉）

3. 車馬玩器，何「以」取之（王禹偁〈待漏院記〉）

4. 「奚」以知其然也（《莊子．逍遙遊》）

例中前介詞爲、與、以等所介爲疑問代詞相、誰、何、奚等字故皆倒置於後。

二、**前介詞以字介代詞「所」「是」二字時，常倒置於後**。

例：1. 嬖人有張倉者沮君，君「是」以不果來也（《孟子》）

2.「是」以君子遠庖廚也（《孟子》）

3.此吾「所」以取天下也（《漢書·高帝紀》）

4.此少卿「所」以仰天槌心，泣盡而繼之以血也（江淹〈詣建平王上書〉）

例中是、所等代詞，皆倒置於前介詞以字之前。

三、前介詞以字介名詞時，亦有側置於名詞之後者。

例：1.太子及賓客知其事者，皆「白衣冠」以送之（《史記·刺客列傳》）

2.「禮」以節人，「樂」以發和，「書」以道事，「詩」以達意，「易」以神化，「春秋」以道義（《史記·滑稽列傳》）

3.我之不共，「魯故之」以（《左傳·昭公十三年》）

4.「江漢」以濯之，「秋陽」以暴之（《孟子》）

例中衣冠、禮、樂、書、詩、易、春秋、魯、江漢、秋陽等名詞，皆倒置於前介詞以字之前。例3「魯故之以」猶言「以魯之故」也。

（丙）前介詞所介代詞之省略

前介詞原爲介紹名詞或代詞，其所介之詞如爲代詞「之」字時，則「之」字可被省略。因「之」爲指示代詞，其前必有本名詞（即先行詞），雖予省略，亦不致誤解也，此類前介詞以「爲」、「與」、「以」三字爲最多。

例：1. 因其土俗，「爲」設教禁（韓愈〈柳子厚墓誌銘〉）

2. 吾常「爲」寒心（馬援〈誡兄子嚴敦書〉）

3. 互鄉難「與」言（《論語》）

4. 憂者「以」喜，病者「以」愈（蘇軾〈喜雨亭記〉）

例中爲、與、以等前介詞其所介之詞均爲代詞「之」字故可予省略。

第八章　介詞

第九章　聯　詞

（甲）聯詞之種類

聯詞者，所以聯詞語或句，以示其關係也。其所聯彼此平列者，曰平列聯詞。其所聯為參亙或主從者又分二類。其相為主從者，計得四種：一曰假設聯詞，二曰推拓聯詞，三曰比較連詞，四曰因果聯詞。其相參亙，亦得四種：一曰轉捩聯詞，二日承轉聯詞，三曰承遞聯詞，四曰推展聯詞。故聯詞計分平列、假設、推拓、比較、因果、轉捩、承轉、承遞、推展等九種。

（一）平列聯詞

（一）平列聯詞——聯詞用以聯絡兩平列之詞、語或句者，曰平列聯詞。

例：1. 落霞「與」孤鶩齊飛，秋水「共」長天一色（王勃〈滕王閣序〉）

2. 生莊公「及」共叔段（《左傳・隱公元年》）

3. 咨汝義「曁」和（《書・堯典》）

4. 眉「將」柳而爭綠（庾信賦）
5. 怨不在大，「亦」不在小（《書・康誥》）
6. 節用「而」愛人（《論語》）
7. 「或」命巾車，「或」棹孤舟（陶潛〈歸去來辭〉）
8. 求之與，「抑」與之與？（《論語》）
9. 曰安「且」治者，「非」愚「則」諛（賈誼文）
10. 是惟子厚之室，「既」固「且」安，以利其嗣人（韓愈〈柳子厚墓誌銘〉）
11. 「終」風「且」暴（《詩・終風》）
12. 「終」其永懷，「又」窘陰雨（《詩・正月》）
13. 「既」立之監，「或」佐之史（《詩・賓之初筵》）
14. 「既」窈窕以尋壑，「亦」崎嶇而經丘（陶潛〈歸去來辭〉）
15. 國勝君亡，「非」禍「而」何（《左傳・哀公元年》）
16. 人弒爾君，而復國不討賊，此「非」弒君「如」何（《公羊傳・宣公六年》）

例中與、共、及、暨、將、且等聯詞，在句中所聯俱爲實體詞，二實體詞皆同一位次，彼此平列，故此類聯詞曰平列聯詞。尚有一組以聯實體詞以外之一切詞和語句如例中亦、而、或、抑等皆是。亦有用兩聯詞分置於句之前後兩截以相呼應者，如「非」—「則」、「既」—「且」、「終」—「且」、「既」—「或」、「既」—「亦」、「非」—「而」、「非」—「如」等是。例11「終風且暴」《毛詩傳疏》：「終日風爲終風。」，按：王念孫曰：「終，詞之既也；終風且暴，既風且暴也；終溫且惠，既溫且惠也。」從王說列入聯詞。例16「如—何」即「而何」之意。

(二)**假設聯詞**—聯詞用以聯絡二主從句以示虛擬、推想、假設之意者，曰假設聯詞。

例：1.「若」弗與，則請除之（《左傳．隱公元年》）

2.「如」有王者，必世而後仁（《論語》）

3.「苟」志於仁矣，無惡也（《論語》）

4.「儻」平生之言，猶在聽覽，宿心素志，無復貳辭（任彥昇〈爲苑尚書讓吏部封侯第一表〉）

5.「使」名掛史筆，事列朝榮，雖身分蜀境，首懸吳闕，猶生之年也。（曹子建〈求自試表〉）

6.「假」濟，爲之乎？（《列子．楊朱》）

7.不然「令」五人者，保其首領以老於戶牖之下，則盡其天年（張溥〈五人墓碑記〉）

8.「設」未得其當，雖十易之不爲病（柳宗元〈桐葉封弟辨〉）

9.兄子濟每來拜墓，略不過叔，叔不候濟；「脫」時過，止寒溫而已（《世說》）

10.「借」曰未知，亦既抱子（《詩．抑》）

11.「向」不出其技，虎雖猛，疑畏卒不敢取（柳宗元〈黔之驢〉）

12.「假使」真然，不能至天（王充《論衡．變虛篇》）

13.「假令」晏子而在，余雖爲之執鞭，所忻慕焉（《史記．管晏列傳》）

14.「假設」陛下居齊桓之處，將不合侯而匡天下乎（賈誼〈治安策〉）

15.「借使」秦王計上世之事，並殷周之跡，以制御其政，後雖有淫驕之主，而未有傾危之患也（《史記．始皇本紀》）

16.「如使」人之所欲，莫甚於生，則凡可以得生者，何不用也（《孟子》）

17.「向使」能瞻前顧後，援鏡自誡，則何陷於凶患乎（《後漢書・張衡傳》）

18.惜乎！子不遇時，「如令」子當高帝時，萬戶侯豈足道哉（《史記・李將軍列傳》）

19.「有如」彊秦亦將襲趙之欲，則君且奈何？（《史記・魏世家》）

例中若、如、苟、儻、使、假、令、設、脫、借、向等皆爲假設聯詞，重言之則爲假使、假令、假設、借使、如使、向使、如令是也。此類聯詞常用聯詞則字以相呼應。如例1、7、16、17、19皆是。但古文中因造句求簡，故則字常被省略。例9脫字，劉淇曰：「脫或辭，猶儻也。」例19「有如」，劉淇曰：「有如亦脫或辭也。」故併列入。

(三) 推拓聯詞——聯詞用以聯絡兩主從句，於說明本旨前，故先放鬆一步，使本旨更顯明確者，曰推拓聯詞。

例：1.荆軻「雖」遊于酒人乎，然其爲人沈深好書（《史記・遊俠列傳》）

2.諸侯「縱」欲阿意背約，何面目見高帝地下（《史記・呂后紀》）

3.「每」有良朋，況也永嘆（《詩・棠棣》）

4.公子「即」合符，而晉鄙不援公子兵而復請之，事必危矣。（《史記・信陵君列傳》）

5.「則」不可，因而刺殺之（《史記・遊俠列傳》）

6.「從」其有皮，丹漆若何（《左傳・宣公二年》）

7.嚴尤奏言：「貉人犯法，不從騶起，『正』有它心，宜令州郡且尉安之。」（《漢書・王莽傳》）

8.「便」行雲都不歸來，也合寄將音信（陸叡〈瑞鶴仙詞〉）

9.「饒」是少年須白頭（杜牧之詩）

10.前討徐州，威罰實行。其子弟念父兄之耻，必人自為守，無降心。「就」能破之，尚不可有也（《魏志・荀彧傳》）

例中雖、縱二字為普通常用之推拓聯詞，其後常有然、但等轉捩聯詞與之呼應，如例1是。但古文中又常予省略。例3每字，鄭箋：「每，雖也。」例4，「即」為假設之辭猶云縱令也。例5則亦即也，劉淇曰：「則即皆語之急，故通也。」例6從即縱也。例7「正」亦縱也，師古曰：「假令騶有惡心　亦當且尉安。」劉淇曰：「假令猶縱使也。」例8、9、10，便、饒、就等字，俱作縱字解，故皆爲推拓聯詞。

(四)比較聯詞——聯詞用以聯絡兩主從句，以作深刻之比喻或示其程度之相差者，曰比較聯詞。此類聯詞可分平比、差比二種。

例：1. 何今日之兩絕，「若」胡越之界區（禰正平〈鸚鵡賦〉）

2. 周公之不有天下，「猶」益之於夏，伊尹之於殷也（《孟子》）

3. 其觸於物也，鏦鏦錚錚，金鐵皆鳴，又「如」赴敵之兵，銜枚疾走，不聞號令，但聞人馬之行聲（歐陽修〈秋聲賦〉）

4. 爲政以德，「譬如」北辰居其所而眾星共之（《論語》）

5. 凡在故老，「猶」蒙矜育，「況」臣孤苦，特爲尤甚（李密〈陳情表〉）

6. 神之格思，不可度思，「矧」可射思（《詩・抑》）

7. 陰陽於人，「不翅」於父母（《莊子・大宗師》）

8.「子尙」如此，陵「復」何望哉（李陵〈答蘇武書〉）

9.「與其」媚於奧，「寧」媚於竈（《論語》）

10.「與其」有譽於前，「孰若」無毀於後（韓愈〈送李愿歸盤谷序〉）

11.且而「與其」從辟人之士也，「豈若」從辟世之人哉（《論語》）

12.吾「寧」鬥智，「不」能鬥力（《史記・項羽本紀》）

13.「乍可」爲天上牽牛織女星，「不」願爲庭前紅槿枝（元微之詩）

例中若、猶、如、譬如等比較聯詞均爲平比，位於從句之首，以比喻主句。猶—況、矧、不翅、尙—復、與其—寧、與其—孰若、與其—豈若、寧—不、乍可—不等均爲差比。此類聯詞常用一組分置於主從句之首，以相呼應。例12乍可即寧可之意。

（五）因果聯詞—聯詞用以聯絡二主從句以示因果之關係者，曰因果聯詞。

例：1.吾不徒行，以爲之椁，「以」吾從大夫之後不可徒行也（《論語》）

2.始作俑者，其無後乎！「爲」其象人而用之也（《論語》）

3. 聖人生「而」大盜起（《莊子》）

4. 竭誠「則」吳越爲一體，傲物「則」骨肉爲行路（魏徵〈諫太宗十思疏〉）

5. 千里而戰，「即」兵不獲利（《漢書・韓安國傳》）

6. 杖者出，「斯」出矣（《論語》）

7. 士窮「乃」見節義（韓愈〈柳子厚墓誌銘〉）

8. 無面目之可顯兮，「遂」頹思而就床（司馬相如〈長門賦〉）

9. 或曰：「冉氏嘗居也」，「故」姓是溪爲冉溪（柳宗元〈愚溪詩序〉）

10. 惟能前知其當然，事至不懼，而徐爲之圖，「是以」得至於成功。（蘇軾〈鼂錯論〉）

11. 田父紿曰：「左左」乃隱大澤中，「以故」漢追及之（《史記・項羽本紀》）

12. 孔子曰：「三人行則必有我師。」「是故」弟子不必不如師，師不必賢於弟子（韓愈〈師說〉）

13. 國家所以服此美，膺此名，饗此福，受此榮者，豈非皇太后日昃之思，陛下夕惕之念

哉？「何謂」亂則統其理，危則致其安，禍則引其福，絕則繼其統，幼則代其任（《漢書．王莽傳》）

14. 臣聞明月之珠，夜光之璧，以闇投人於道，衆莫不按劍而相眄者，「何則」無因而至前也（鄒陽〈獄中上梁王書〉）

15. 是故伊摯去夏，不爲傷德，飛廉死紂，不可謂賢，「何者」去就之道，各有宜也。（陳孔璋〈檄吳將校部曲文〉）

16. 特以爲智窮罪極，不能自免，卒就死耳！「何也」素所自樹使然也（司馬遷〈報任少卿書〉）

例中以、爲、何謂、何則、何者、何也等聯詞其後陳者，皆表明其原因。而、則、即、斯、乃、遂、故、是以、以故、是故等聯詞其後陳者，皆表結果，故皆爲因果聯詞。例9故字全文爲「以是故」三字，今用故字省以是二字。省故字，則爲「是以」，如例10省是字則爲「以故」。如例11，省以字，則爲「是故」，如例12皆「以是故」之意也。

（六）**轉捩聯詞**——聯詞用以聯接二意思相反之句者，曰轉捩聯詞。

例：1. 賦雖累勝，「然」皆烏合，不足畏（夏之蓉〈沈雲英傳〉）

2. 此宜禽獸夷狄所不忍為，「而」其人自視以為得計（韓愈〈柳子厚墓誌銘〉）

3. 此三臣者，豈不忠哉，「然而」不免於死（《史記・李斯列傳》）

4. 孝子仁人，當如何感恩圖報，茲「乃」乘逆寇稽誅，王師暫息，遂欲雄据江南，坐享漁人之利。（多爾袞〈致史可法書〉）

5. 今已虧形為掃除之隸，在闒茸之中，「迺」欲仰首伸眉，論列是非，不亦輕朝廷羞當世之士耶（司馬遷〈報任少卿書〉）

6. 余以為蘭為可恃兮，「羌」無實而容長（屈原〈離騷〉）

7. 初不中風，「但」失愛於叔父，故見罔耳。（《魏志・太祖紀》注）

8. 「直」不百步耳，是亦走也（《孟子》）

9. 既習於佛無所用，「獨」其詩可行於世。（歐陽修〈釋秘演詩集序〉）

10. 魏其失竇太后，益疏不用，無勢，諸客稍稍自引而怠傲，「唯」灌將軍獨不失故

（《史記．魏其列傳》）

11.祭者，澤之大者也，是故上有大澤，則惠必及下，「顧」上先下後耳（《禮記．祭統》）

12.子夏之門人小子，當灑掃、應對、進退則可矣，「抑」末也（《論語》）

13.今漢王爲天子，「而」橫「迺」爲亡虜（《史記．田儋列傳》）

14.今遠來就我，固善，「第」散其眾則不可（侯方域〈寧南侯傳〉）

例中然，而爲轉捩聯詞，複言則爲「然而」。又迺、乃、羌、但、直、惟，顧，抑、第等亦爲轉捩聯詞。亦有「而」與「迺」連用者，如例13。各例中聯詞所聯之句，其前後意思正相反。

（七）承轉聯詞——聯詞用以承上而轉下者曰承轉聯詞。

例：1.黎民不飢不寒，「然而」不王者，未之有也（《孟子》）

2.子曰：「師也過，商也不及」曰：「『然則』師愈歟」（《論語》）

3. 是不有刺史聽從其言也，「不然則」是鱷魚冥頑不靈（韓愈〈祭鱷魚文〉）
4. 側聞聖主晏駕，不勝眦裂！猶意吾父奮椎一擊，誓不俱生，「否則」刎頸以殉國難，何乃隱忍偷生，訓以非義。（陸次雲〈圓圓傳〉）
5. 君王爲人不忍，若入前爲壽，壽畢，請以劍舞，因擊沛公於坐，殺之，「不者」若屬皆且爲所虜。（《史記．項羽本紀》）

例1「然而」猶言「如是而」。用如是承上，用而字轉下也。例2「然則」猶「如是則」也，用則字轉下。否定則爲「不然則」、「否則」、「不者」如例3、4、5，皆爲承轉聯詞。

（八）**承遞聯詞**──聯詞用以聯接上下句表示其承接之關係者，曰承遞聯詞，此類聯詞僅順承而下，頗與因果聯詞相近，但其因果意味至爲微薄耳。

例：1. 桓公立，「乃」老（《左傳．隱公元年》）
2. 黔無驢，有好事者船載以入，至「則」無可用，於之山下（柳宗元〈黔之驢〉）
3. 歸「而」謀諸婦（蘇軾〈後赤壁賦〉）

4. 曼卿死，祕演漠然無所向，聞東南多山水，其巔崖崛峍，江濤洶涌，甚可壯也，「遂」欲往遊焉（歐陽修〈釋祕演詩集序〉）

5. 昔先王既有天下，烈山澤，罔繩擉刃，以除虫蛇惡物，為民害者，驅而出之四海之外，「及」後王德薄，不能遠有，則江漢之間，尚皆棄之，以與蠻夷楚越，況潮嶺海之間，去京師萬里哉（韓愈〈祭鱷魚文〉）

6. 王之臣有託其妻子於友而之禁遊者，「比」其反也，則凍餒其妻子。（《孟子》）

7. 秦無亡矢遺鏃之費，而天下諸侯已困矣，「於是」從散約解，爭割地而賂秦（賈誼〈過秦論〉）

8. 畏天之威，「于時」保之（《詩．我將》）

9. 高帝明竝日月，謀臣淵深，然陟險被創危「然後」安（諸葛亮〈後出師表〉）

10. 父太公往視，「則」見交龍於上，「已而」有娠（《漢書．高帝紀》）

11. 廢以為侯，「已」又殺之（《史記．項羽本紀》）

12. 乃焚書於倉門之外，眾「而後」是（《左傳．襄公十年》）

13. 知止「而后」有定（《大學》）

14. 其御之妻從門間而闚其夫，其夫爲相御，擁大蓋，策駟馬，意氣揚揚，甚自得也，「既而」歸，其妻請去。（《史記・管晏列傳》）

15. 王曰：「此鳥不蜚則已，一蜚沖天；不鳴則已，一鳴驚人。」「於是乃」朝諸縣令長七十二人，賞一人，誅一人，奮兵而出。（《史記・滑稽列傳》）

16. 嚻問彪曰：「往者周亡，戰國竝爭，天下分裂，數世「然後乃」定（《漢書・敘傳》）

例中乃、則、而、遂、及、比、於是、然後、已而、而後、既而等俱爲承遞聯詞。複言之則爲「於是乃」、「然後乃」。例9「于時」與「於是」同，例12已即已而也，例14「而后」即「而後」也，亦皆爲承遞聯詞。

（九）推展聯詞——聯詞用以承接上文並申述或推進上文之意者，曰推展聯詞。

例：1. 凡上義，不義，雖利勿動，非一動之爲利害，而他日將有不可措手足也。「夫」惟義可以怒士，兵以義怒，可與百戰（蘇洵〈心術〉）

2. 是陰類惡物也，盜暴尤甚，「且」何以至是乎哉（柳宗元〈永某氏之鼠〉）

3. 勾踐之困於會稽，而歸臣妾於吳者，三年而不倦，「且夫」有報人之志，而不能下人者，是匹夫之剛也（蘇軾〈留侯論〉）

4. 丘也聞有國有家者，不患寡而患不均；不患貧而患不安，「蓋」均無貧，和無寡，安無傾（《論語》）

5. 曰：「縱而來歸，殺之無赦」而又縱之而又來，則可知為思德之致爾，然此必無之事也。「若夫」縱而來歸而赦之，可偶一為之爾。（歐陽修〈縱囚論〉）

6. 「若乃」耽槃流遁，放心不移，忘其身恤，司其雄雌，樂而無節，端操或虧。此則老氏所誡，君子對為。（潘安仁〈射雉賦〉）

7. 「若迺」少昊司辰，蓐收整轡，嚴霜初降，涼風蕭瑟，長吟遠慕，哀鳴感類。（禰正平〈鸚鵡賦〉）

8. 「至如」李君降北，名辱身冤，拔劍擊柱，弔影慚魂（江文通〈恨賦〉）

9. 「至若」龍馬銀鞍，朱軒繡軸，帳飲東都，送客金谷（江文通〈別賦〉）

10. 「至夫」繽紛繁鶩之貌，皓旰皦潔之儀，迴散縈積之勢，飛聚凝曜之奇，固展轉而無窮，嗟難得而備知（謝惠連〈雪賦〉）

11. 「爾乃」端策拂茵，彈冠振衣，徘徊酆鎬，如渴如飢，心翹懃以仰止，不加敬而自祇（潘安仁〈西征賦〉）

例中夫、且、且夫、蓋、若夫、若乃、若迺、至如、至若、至夫、爾乃等俱爲推展聯詞。惟夫、蓋二字用於文字之發端者，不得認爲聯詞，例如「夫天地者，萬物之逆旅」（李白〈春夜宴桃李園序〉）及「蓋有非常之功，必待非常之人」（《漢書．武帝紀》）二句中之夫、蓋、兩字，均冠於一篇之首，無上文可接，故此種夫字，應認爲代詞，蓋字應認爲副詞，於義方合。又若夫、若迺、至如、至若、至夫、爾乃等聯詞，漢魏六朝之辭賦中，用之最多，尚有「而乃」、「遂乃」之類，茲不具列。

（乙）聯詞之呼應

聯詞除與另一聯詞呼應，前已論列外，尚有與副詞及介詞呼應兩種。

（一）聯詞與副詞呼應者

例：1. 卿大夫「猶」然，「況」宰相乎（王禹〈偁待漏院記〉）

2. 若夫豪傑之士，「雖」無王「猶」興（《孟子》）
3. 果能此道矣，「雖」愚「必」明，「雖」柔「必」強（《中庸》）
4. 陵「雖」孤恩，漢「亦」負德（李陵〈答蘇武書〉）
5. 甚哉妃匹之愛，君不能得之於臣，父不能得之於子，「況」卑下乎（《史記・外戚世家序》）
6. 夫腹飢不得食，膚寒不得衣，「雖」慈母不能保其子，君安能以有其民哉（鼂錯〈論貴粟疏〉）
7. 齊國「雖」偏小，吾何愛一牛（《孟子》）
8. 堯舜其「猶」病諸（《論語》）

例中聯詞與副詞呼應者為猶—況、雖—猶、雖—必、雖—亦，然亦有造句求簡，將二呼應字省略其一者，如例5君父兩字之後各省一「猶」字，例6慈母後省一亦字，例7何字後省一必字（唯此必字可屬助動詞，因「必」字後緊接動詞；「愛」字放也），例8堯舜前省一雖字皆是。

(二) 聯詞與介詞呼應者

例：1. 夫「以」秦王之暴，「而」積怒于燕，足爲寒心（《史記·游俠列傳》）
2. 「以」之爲人，「則」愛而公（韓愈〈原道〉）
3. 「以」事母棄太常博士（韓愈〈柳子厚墓誌銘〉）
4. 子帥「以」正，孰敢不正（《論語》）
5. 寬則得眾，信「則」民任焉（《論語》）
6. 亡「而」爲有，虛「而」爲盈（《論語》）

例中「而」、「則」等聯詞與介詞「以」字分置於句之上下兩截，以隱相呼應，此類呼應字亦可省略其一，如例3棄字前省「而」字，例4孰字前省「則」字，例5寬信兩字前均省一「以」字，例6亡虛兩字前亦省以字皆是。

第十章 歎詞

（甲）歎詞之種類

歎詞者，用以表洩情感之一種聲音標號也。本無確義，僅可隨情而推，若勉強區分，可得傷惜、憤斥及驚贊等三種歎詞。

（一）傷惜歎詞——凡表洩傷感或痛惜之情，其所發之歎聲，曰傷惜歎詞。

例：1.「嗟」！士室之人，顧無多辭（《漢書．匈奴傳》）

2.「噫」！微斯人，吾誰與歸（范仲淹〈岳陽樓記〉）

3.「吁」！子來前（韓愈〈進學解〉）

4.「唉」！豎子不足與謀（《史記．項羽本紀》）

5.「嗚呼」！孰謂汝遽去吾而歿乎！（韓愈〈祭十二郎文〉）

6.「於乎」！前王不忘（《詩・烈文》）

7.「嗟呼」！無以爾色驕人哉（《莊子・徐無鬼》）

8.「于嗟乎」！騶虞（《詩・騶虞》）

9.「嗚呼噫嘻」！時耶命耶？從古如斯（李華〈弔古戰場文〉）

10.「已而已而」！今之後政者殆而（《論語》）

例中嗟、噫、吁、唉俱爲傷惜歎詞。複言之，則爲嗚呼、嗟呼、于嗟乎、嗚呼噫嘻、已而已而之類。又嗚呼亦作於乎，《大學》引於乎又作於戲，皆傷惜歎詞也。

（二）憤斥歎詞——凡表洩憤怒或鄙斥之情，其所發之歎聲，曰憤斥歎詞。

例：1.「咄」！兒過我，我能富貴汝（《後漢書・袁紹劉表列傳》）

2.「惡」！是何言也（《孟子》）

3.唐睢對曰：「『否』！非若是也」（《國策・唐睢不辱使命》）

4.「啞」！是非君人者之言也（《韓非子・難一》）

5.威王勃然怒曰：「『叱嗟』！而母婢也」（《國策》）

例中咄、啞、叱嗟以表憤怒之情；惡、否以表拒絕之意，皆為憤斥歎詞。

（三）驚贊歎詞——凡表洩驚訝或贊歎之情，其所發之歎聲，曰驚贊歎詞。

例：1.曾子聞之，瞿然曰：「呼」（《禮記・檀弓》）

2.「嘻」！亦太甚矣（《國策・趙策》）

3.「憘」！以樂召我，而有殺心何也！（《後漢書・蔡邕傳》）

4.「吁」！嚚訟可乎（《書・堯典》）

5.「於」！鯀哉（《書・堯典》）

6.「譆」！善哉！技蓋至此乎（《莊子・養生主》）

7.「嗚呼」！增亦人傑也哉（蘇軾〈范增論〉）

例中呼、嘻、憘、吁等字以表驚訝之情；於、譆、嗚呼等以表贊歎之意，皆驚贊歎詞也。例7嗚呼亦可爲傷惜歎詞（見前例），足證歎詞本無碻義，大都緣情見義，初學者不可拘泥。

（乙）歎詞之位置

歎詞獨立於句外，與文句既無論理關係，而本身又無可解釋，通常位於一句之首，惟亦有獨立於句末者，例如方孝孺〈豫讓論〉：「雖然，以國士而論，豫讓固不當矣。彼朝爲讎敵，暮爲君臣，靦然而自得者，又讓之罪人也，『噫』！」此歎詞噫字，即位於句末，惟此類不多見，至於位於句首之歎詞。上節例中皆是，茲不贅述。

第十一章 助詞

(甲)助詞之種類

助詞者，用以表現言語中語氣、語態或語音也。本無實義，妙在傳神。依其所表現之語氣、語態或語音之不同，可分為四種：一、決定助詞，二、疑問助詞，三、容狀助詞，四、飾語助詞。

(一)決定助詞—助詞用於句讀之末，表語氣之決定者，曰決定助詞。

例：1.子曰：「天下國家可均『也』，爵祿可辭『也』，白刃可蹈『也』，中庸不可能『也』」(《中庸》)

2.國君好仁，天下無「焉」(《孟子》)

3.俎豆之事，則嘗聞之「矣」(《論語》)

4. 歲旱，穆公召縣子而問「然」（《禮記．檀弓》）

5. 其德弗可及「已」（《漢書．宣帝紀》）

6. 由此觀之，則君子之所養可知「已矣」（《孟子》）

7. 鄉秦之禁，適足以資賢者為驅除難「耳」（《史記．秦楚之際月表》）

8. 《詩》云：「刑于寡妻，至于兄弟，以御于家邦。」言舉斯心，加諸彼「而已」（《孟子》）

9. 有本者如是，是之取「爾」（《孟子》）

10. 嗜酤酒，好謳歌，巷遊而鄉居乎，吾無望「焉耳」（《大戴記．曾子立事》）

11. 我固有之也，弗思「耳矣」（《孟子》）

12. 寡人之於國也，盡心焉「耳矣」（《孟子》）

13. 子曰：「年四十而見惡『焉』，其終『也已』」（《論語》）

14. 既曰歸「止」，曷又懷「止」（《詩．南山》）

15. 有斐君子，終不可諠「兮」（《詩．淇澳》）

16. 魂兮歸來，東方不可以託「些」（宋玉〈招魂〉）
17. 青春受謝，白日昭「只」（〈大招〉）
18. 逝者如斯「夫」（《論語》）
19. 莫我知「也夫」（《論語》）
20. 苗而不秀者有「矣夫」（《論語》）
21. 吾猶及史之闕文也，有馬者借人乘之，今亡「已夫」（《論語》）

例中也、矣、兩字語氣太肯定，焉字則較輕婉。古書中有用「然」如「焉」者，如例4。有用「已」如「矣」者，如例5。複言之，則爲「已矣」，如例6。《日知錄》謂「而已」爲「耳」，如例7、8。「耳」又可作「爾」，如例9。至如「焉耳」、「耳矣」、「焉耳矣」、「也已」等決定助詞，語氣則較舒緩，且有感慨意味，又《詩經》中有用「止」字，《楚辭》多用「兮」，〈招魂〉用「些」，〈大招〉用「只」，皆爲決定助詞，但今已少用。別有「夫」字，語氣較「焉」字尤爲輕婉，且含有商量不決、感慨、贊美各種意味，如例18。緩其語氣，則爲「也夫」、「矣夫」、「已夫」如例19、20、21是也。除上列所舉各例外尚有「已夫」、「已耳」、「也已矣」、「而已矣」等決定助詞。

（二）**疑問助詞**——助詞用於句讀之前，或句讀之末，以表疑問之語氣者，曰疑問助詞。以其位於句讀之前後不同，故又有起語與歇語之分。

一、起語

例：1.「豈」非天哉（《史記．秦楚之際月表》）

2. 天下「詎」可知，而閉長者「乎」，（《後漢書．光武紀》）

3. 沛公不先破關中兵，公「巨」能入乎（《漢書．高帝紀》）

4. 又舊史之文，猥釀不綱，淺則入俚，簡則反漏，「寧」當時儒者有所諱而不得馳「耶」（《唐書．劉、吳、韋、蔣、沈、柳傳贊》）

5. 雖王之國，「庸」獨利乎（《漢書．南越王傳》）

6. 使生持吾言而歸，且重得罪，「庸詎」止於笑乎（曾鞏〈贈黎安二生序〉）

例中豈、詎等疑問助詞位於首句，謂之起語，其後多有哉、乎、耶等歇語，與之呼應。詎又作巨，如例3，師古曰：「巨讀曰詎，詎猶豈也。」例4寧字，劉淇曰：「猶豈也。」例

5，庸字，劉淇曰：「寧豈之辭。」複言之，則為「庸詎」，如例6，皆起語也。

二、歎語

例：1.吾可歌「夫」（〈孔子世家〉）
2.然則師愈「與」（《論語》）
3.堯以天下與舜、有「諸」（《論語》）
4.然則先生聖「于」（《呂氏春秋．審應》）
5.唯赤則非邦「也與」（《論語》）
6.疇昔之夜，飛鳴而過我者，非子「也即」（蘇軾〈後赤壁賦〉）
7.君子之愛若人也，推及於其屋之鳥，而況於聖人之弟「乎哉」（王守仁〈象祠記〉）
8.天將以夫子為木鐸，其弗信「矣乎」（韓愈〈送孟東野序〉）
9.吾豈匏瓜「也哉」！焉能繫而不食（《論語》）

10. 世之爲欺者不寡矣，而獨我「也乎」（劉基〈賣柑者言〉）

11. 其言也訒，斯謂之仁「已乎」（《論語》）

12. 鄙夫可與事君「也與哉」（《論語》）

13. 其人曰：「死乎？」曰：「獨吾君『也乎哉』！吾死也。」曰：「行乎？」曰：「吾罪『也乎哉』？吾行也。」（《左傳．襄公二十五年》）

14. 女得人「焉爾乎」（《論語》）

15. 謂之不誣，可乎否「也」！（曾國藩〈原才〉）

16. 今子與我而取之，而不與我治之；與我置之，而不與我祀之「焉」（《韓非子．外儲說左上》）

17. 吉又何咎「矣」（《易．師》）

例中夫、與、諸、于等字皆爲疑問助詞，位於句末，謂之歇語。此類助詞尚有哉、乎、耶等字，上節起語中已有其例，此節從略。又此類助詞，如含詠歎意味，則長言之，如也與、也邪、乎哉、矣乎、也哉、也乎、已乎、也與哉、也乎哉、焉爾乎，皆是。更有也、焉、矣等決定助詞用為疑問助詞之歇語者，如例15、16、17皆是。惟例15，也字當讀如「耶」。

(三)容狀助詞——助詞附於限詞、副詞或動詞之旁，以助其語意或語態者，曰容狀助詞。

例：1.憂心「有」忡（《詩．擊鼓》）
2.容貌儡「以」頓顇兮，左右悽「其」相愍（潘安仁〈寡婦賦〉）
3.釋智遺形兮，超「然」自喪（賈誼〈鵩鳥賦〉）
4.孔子於鄉黨，恂恂「如」也。似不能言者（《論語》）
5.子路趨而出，改服而入，蓋猶「若」也（《荀子．子道篇》）
6.稍「焉」疚懷，不怡中夜（謝莊〈月賦〉）
7.鼓瑟希，鏗「爾」（《論語》）
8.若雄雉，其聲殷「云」（《史記．封禪書》）
9.「式」微「式」微，胡不歸（《詩．式微》）

10.「思」孌季女逝兮（《詩．車舝》）

11.燕燕「于」飛，差池其羽（《詩．燕燕》）

12.吾弗能教汝，此汝父之志也，汝「其」勉之（歐陽修〈瀧岡阡表〉）

13.「式」相好矣，無相猶矣（《詩．斯干》）

14.今余命女環，「茲」率舅氏之典，纂乃祖考，無忝乃舊。（《左傳．襄公十四年》）

例中容狀助詞附於限詞副詞者，有其、以、然、如、若、焉、爾、云、式、思等字。附於動詞者，有于、其、式、茲等字。例11于字表動作方在進行中，例12其字表將然未然，對稱則有希冀意味，與例2其字不同。例13「式」與「無」對，「無」表禁止，「式」表希冀，式即其也，與例9式字不同。例14茲亦其也，表將然未然之意。

（四）飾語助詞——助語用於句中，能使文句整飭語音調適者，曰飾語助詞。

例：1.悠然「而」逝（《孟子》）

2.夫子油然「而」笑曰：「使爾多財，吾為爾宰」（蘇軾〈上梅直講書〉）

3. 子「之」豐兮（《詩・豐》）
4. 緇衣「之」宜兮，敝予又改爲兮（《詩・緇衣》）
5. 「其」濟，君之力也，不濟，則以死儕之（《左傳・僖公九年》）
6. 不知者，以爲爲肉也；「其」知者，以爲爲無禮也（《孟子》）
7. 「薄」污我私，「薄」澣我衣（《詩・葛覃》）
8. 乃瞻衡宇，「載」欣「載」奔（陶潛〈歸去來辭〉）
9. 「云」何吁矣（《詩・卷耳》）
10. 誰能執熱，「逝」不以濯（《詩・桑柔》）
11. 冷如鬼手「馨」（《世說》）
12. 夜如何「其」（《詩・國風》）
13. 今我來「思」，雨雪霏霏（《詩經》）

例1「而」爲飾語助詞，因悠然逝，語不成辭故必飾以「而」字。例2而字本可省，但飾以而字後，語音更爲調適，例3「子豐兮」不成辭也，故飾以「之」字。例4「緇衣之宜兮」

之「之」字，本可省略，但因下句「敝予又改爲兮」句長，故飾以「之」字，方益調適也。又有肯定、否定，兩句相次，否定句副以「不」字，肯字句則飾以「其」字，以求句之整飾，故此類其字亦爲飾語助詞，如例5、6皆是。惟例5「其」字亦可作假設聯詞「若」字解。又有發語助詞亦屬此類，如例7薄字、例8載字、例9云字、例10逝字皆是。又例11馨字、例12其字、13思字皆爲語之餘而不爲義，亦爲飾語助詞。但例12「其」字爲吉醫切，與例6其字讀意不同。

（乙）助詞之用法

助詞之用，妙在傳神，夫文句之中，意易表而神難傳，故初學者對於助詞，其表語氣輕重緩急之處，貴在體玩。袁仁林《虛字說》，其論「也」字云：「也字有二用，一是結上，一是起下。」舉「君子之於天下也，無適也，無莫也。」爲例，也字起下，後二也字結上，用有不同也。又曰：「乎、與、耶三字之聲，均屬平拖長曳，疑活未定，其不同處，乎字氣足，與字氣嫩。耶字氣柔婉。」其論乎、與二字不容互換云：「『事齊乎？事楚乎？』此時人情忙怕，話便充口；換與字，便清閑不切時事。『執御乎？執射乎？』夫子情意誠實，話便充口；換與字未免輕佻。『南強與？北強與？而強與？』夫子但輕輕問之，其氣不必充口；換乎字，未免莊嚴太過。『求之與？抑與之與？』對友問師，分則宜謙，語氣自宜輕婉，彼乎字充口，如何可用。」又《文通》曰：「經學家見經史中詢問之句，有助以也字焉字者，則謂也焉兩字同乎字，不知詢問之句，助以也字者，寓有論斷口氣，助以焉字者，藉問而陳義耳。《孟子》『王若隱其無罪，而就死地，則牛羊何擇焉。』若云：『則牛羊何擇也。』是有責王口氣；若云：『則牛羊何擇乎。』則有詰王之口氣。」又陳勾山云：「凡用助字，未可孟浪，哉字，歟字，似可通而必不可通，哉字開口，歟字合口，開口者嚮，合口者沈；嚮者疾，沈者遲；疾者往，遲者留，餘可類推。」此三說，論也、乎、與、耶、焉、哉等助詞，至爲精覈，學者宜細心體玩，舉一反三，則助詞必能靈活運用矣。

第十二章 句法

（甲）句之組織

以字、詞、短語、子句等任相配合，表完全之意思者，謂之句。構成句之主要成分惟二，一曰主詞，二曰述詞。一句之主体，謂之主詞。句中記述事態部份，謂之述詞。句以繁簡不同，而有單句與複句之分。

（一）單句——僅含一主詞及一述詞之句，曰單句。亦有因述詞之連帶關係，而加用賓詞及補足詞；更有區別主詞、述詞或賓詞、補足詞，而用限詞、副詞或限詞副詞短語者，仍為單句也。單句可分表句與動句兩種，句中之述詞，如為同動詞所構成，則為表句；如為內動詞或外動詞所構成，則為動句。

例：1. 子出（《論語》）

2. 朔風野大（袁枚〈祭妹文〉）

3. 楊墨之道不息（《孟子》）

4. 劉益喜（杜光庭《虬髯客傳》）

5. 士爲知己者死（司馬遷〈報任少卿書〉）

6. 子誠齊人也（《孟子》）

7. 孟子見梁惠王（《孟子》）

8. 君餽之粟（《孟子》）

9. 邦人稱之曰君夫人（《論語》）

10. 王使宰孔賜齊侯胙（《左傳・齊侯下拜受胙》）

11. 張公大谷之梨，梁侯烏椑之柿，周文弱枝之棗，房陵朱仲之李，靡不畢殖。（潘安仁〈閑居賦〉）

12. 楊子雲司馬相如諸葛武侯之所居，英雄豪傑戰攻駐守之跡，詩人文士遊眺飲射賦咏歌呼之所，庭學無不歷覽（宋濂〈送天台陳庭學序〉）

例1「子出」子爲主詞，出爲述詞，爲單句之最簡式。例2主詞加限詞朔字。例3主詞前加一限詞短語「楊墨之」三字。例4述詞前加副詞益字。例5述詞死字前加一副詞短語「爲知已者」，皆爲單句也。單句又有表句、動句之分，如例1則爲動句，例2、6則爲表句。動句約有五式：（一）主詞與內動詞，如例1；（二）主詞與外動詞及其賓詞如例7；（三）主詞與外動詞及其雙賓詞，如例8；（四）主詞與外動詞及其賓詞與補足詞，如例9；（五）主詞與外動詞及其賓詞與帶雙賓詞之補足詞，如例10皆動句也。又句法之繁簡，不以字之多少而定，如例11爲二十八字，例12爲四十四字，皆作一句讀，仍爲單句也。

（二）複句——由二以上之單句所組成之句，曰複句。複句可分平列複句、連珠複句、主從複句、參互複句、包孕複句及綜合複句等六種。

一、平列複句

例：1.或升之堂，或入之室〈潘安仁〈閑居賦〉〉

2.仁者不憂，知者不惑，勇者不懼。（《論語》）

3.博愛之謂仁，行而宜之之謂義，由是而至焉之謂道，足乎已無待於外之謂德

（韓愈〈原道〉）

4. 仲叔圉治賓客，祝鮀治宗廟，王孫賈治軍旅（《論語》）

5. 韞櫝而藏諸，求善價而沽諸（《論語》）

例中五句皆平排並列，不相主從，故爲平列複句。此類複句用平列聯詞爲多。（請參閱第九章〈平列聯詞〉）但亦有不用者如例2、3、4皆是，亦有將聯詞省略者，如例5，省聯詞抑字。

二、連珠複句

例：1. 先帝不以臣卑鄙，猥自枉屈，三顧臣於草廬之中，諮臣以當世之事（諸葛亮〈前出師表〉）

2. 盜跖日殺不辜，肝人之肉，暴戾恣睢，聚黨數千人，橫行天下，竟以壽終（《史記・伯夷列傳》）

3. 董生舉進士，連不得志於有司，懷抱利器，鬱鬱適茲土（韓愈〈送董邵南序〉）

4. 先生不告於妻子，不謀於朋友，冠帶出見客，拜受書禮於門內，宵則沐浴，戒行李，載書冊，問道所由，告行於常所來往（韓愈〈送石處士序〉）

例中各句包含若干單句，以一公共主詞領之，蟬聯而下，如貫珠然，故謂連珠複句。如將例1分爲若干單句，則每一單句前，必加主詞先帝二字，不成文矣，故連珠複句係將若干單句連綴而成，黎錦熙氏列入單句複成分內亦可。

三、主從複句

例：1. 荀子之不欲，雖賞之不竊（《論語》）

2. 於是荀首佐中軍矣，故楚人許之（《左傳．成公三年》）

3. 以若所爲，求若所欲，猶緣木而求魚也（《孟子》）

4. 雖假容於江皋，乃纓情於好爵（孔稚珪〈北山移文〉）

5. 令他馬，固不傷敗我乎（《史記．張釋之列傳》）

6. 蔓草猶不可除，況君之寵弟乎（《左傳．隱公元年》）

例中各句，均由二以上之單句所組成，彼此有主從之關係，故謂主從複句。如例1，「雖賞之不竊」爲主句，「苟子之不欲」則爲從句，因「苟子之不欲」乃假設推想之詞也。如例2，「故楚人許之」爲主句，「於是荀首佐中軍矣」爲從句，因「故楚人許之」爲一事寔，而「於是荀首佐中軍矣」乃敘述所以許之之理由也。餘例皆倣此，并請參閱第九章〈假設聯詞〉、〈推拓聯詞〉、〈比較聯詞〉及〈因果聯詞〉各例，又此類複句，有將其列入包孕複句者，黎錦熙氏已闢之矣，請參閱《黎氏國語文法》。

四、參互複句

例：1. 故國彊而與國弱，諫臣死而諛臣尊，私情行而公法毀；然則，與國不恃其親，而故國不畏其彊，豪傑不安其位，而積勞之人不懷其祿。（《管子．八觀》）

2. 彼其能有所忍也，然後可以就大事（蘇軾〈留侯論〉）

3. 璧則猶是也，而馬齒，加長矣（《穀梁傳．虞師晉師滅夏陽》）

4. 吾念爾三骨之無依而來瘞耳，乃使吾有無窮之愴也。（王守仁〈瘞旅文〉）

5. 鳥獸之肉，不登於俎；皮革齒牙，骨角毛羽，不登於器，則君不射，古之制也。若

夫山林川澤之實，器用之資，皁隸之事，官司之守，非君所及也（《左傳・隱公五年》）

例中各句均由二以上單句所組成，彼此既非主從，又非平列，惟中有互相聯絡之關係，故為參互複句。此種複句，皆用轉捩聯詞、承轉聯詞、承遞聯詞及推展聯詞為之聯接，如例中然則、然後、而、乃、若夫等是也。

五、包孕複句

例：1. 孟子獨不與驩言，是簡驩也。（《孟子》）

2. 先事後得，非崇德與（《論語》）

3. 我不意子學古之道，而以哺啜也（《孟子》）

4. 大者傾都，中者傾縣，下者傾鄉里者，不可勝數（《史記・貨殖列傳》）

5. 太子及賓客知其事者，皆白衣冠以送之（《史記・刺客列傳》）

6. 雄州霧列，俊彩星馳（王勃〈滕王閣序〉）

7.迫而察之，灼若芙蕖出淥波（曹植〈洛神賦〉）

8.公之神在天下者，如水之在地中，無所往而不在也。（蘇軾〈潮州韓文公廟碑〉）

例中各句均由二以上單句組合而成，其中一母句包孕其餘子句，故此類複句，又名子母句。被包孕之子句，在母句中，以性能而分，有名詞子句、限詞子句及副詞子句三種，如例1「孟子獨不與驩言」、例2「先事後得」均爲名詞子句，用作母句之主詞。例3「子學古之道而以哺啜」，爲一名詞子句，用作母句動詞，「意」字之賓詞。例4「大者傾都」，「中者傾縣」，「下者傾鄉里」，三限詞子句，用以形容母句主詞者字。例6霧列、星馳爲二副詞子句，用以疏狀其二母句中雄州排列之情形，及俊彩奔馳之狀，惟二母句述詞，俱因修辭關係而被省略，不易辨認耳。又如例8「公之神在天下」爲一名詞子句，用作主詞，「如水之在地中」，亦爲一名詞子句，故此一複句中，即有二子句爲一母句所包孕矣。

六、綜合複句

例：1.蓋有非常之功，必待非常之人，故馬或奔踶而致千里，士或有負俗之累，而立功名。夫泛駕之馬，跅弛之士，亦在御之而已（《漢書．武帝紀》）

2. 世有伯樂，然後有千里馬。千里馬常有，而伯樂不常有，故雖有名馬，祇辱於奴隸人之手，駢死於槽櫪之間，不以千里稱也（韓愈〈雜說四〉）

由若干複句所組合而成之大複句，曰綜合複句。如例1「蓋有非常之功，必待非常之人，爲一主從複句，與下文「故馬或奔踶……而立功名」合爲一大主從複句，此大複句再與下文「夫泛駕之馬……御之而已」又合爲大參互複句。又如例2，「世有伯樂，然後有千里馬」爲一參互複句，作大複句之主句；下文「千里馬常有……不以千里稱也」，爲一大從句，以說明主句之論斷不誤。故此大複句爲一主從複句。句中「千里馬常有而伯樂不常有」又爲一參互複句，與下文「故雖有名馬……不以千里稱也」合爲主從複句。如再細加剖析，則「雖有名馬……駢死於槽櫪之間」又爲一參互複句，再與下文「不以千里稱也」合爲一主從複句，而「祇辱於奴隸人之手，駢死於槽櫪之間，」又爲一平列複句。由此二例，可知此種綜合複句中，包含若干複句，其所含複句愈多者，其文氣愈曲折迴環，淋漓盡致，故初學者對於此類複句，務須反復揣摩，日久自能得心應手也。

（乙）句之語氣

句之語氣，各有不同，歸納言之，可分決定句、疑問句、驚歎句、祈使句四種。國文中除祈使句外，多借助詞表語氣之變化，此特色也。

（一）決定句——凡一完全之句，用決定語氣，表語氣之完結，語意之限制，或語態之警確者，曰決定句。

例：1.公子糾死，管仲囚「焉」（《史記．管晏列傳》）

2.後之人與我同志，嗣而葺之，庶斯樓之不朽「也」（王禹偁〈黃岡竹樓記〉）

3.有婦人焉，九人「而已」（《論語》）

4.其不及水，蓋尋常尺寸之間「耳」（韓愈〈應科目時與人書〉）

5.若陽子之秩祿，不爲卑且貧，章章明「矣」（韓愈〈爭臣論〉）

6.夫珠玉金銀，飢不可食，寒不可衣，然而眾貴之者，以上用之故「也」（鼂錯〈論貴粟疏〉）

例1、2，用「焉」、「也」二助詞，以表語氣之完結。例3用助詞「而已」，急言則用「耳」字，如例4，皆表語氣之限制。例5、6用「矣」、「也」二助詞，以表語氣之警確而不游移含混也，皆爲決定句。

(二) 疑問句——凡一完全之句，用不決定之語氣，以表詢問與商榷之意者，曰疑問句。

例：1. 交鄰國有道「乎」？（《孟子》）
2. 是魯孔丘「與」？（《論語》）
3. 乾坤，其易之門耶？（《易經》）
4. 三子者之鳴信善矣！抑不知天將和其聲而使鳴國家之盛「耶」？抑將窮餓其身，思愁其心腸，而使自鳴其不幸「耶」？（韓愈〈送孟東野序〉）
5. 求之「與」？抑與之「與」？（《論語》）
6. 韞櫝而藏「諸」？求善價而沽「諸」？（《論語》）

例中用乎、與、耶、諸等助詞，以表疑問不決之意，皆爲疑問句。此類疑問助詞，單用之，如例1、2、3，則爲詢問式；疊用之，如例4、5、6，則爲商榷式。

（三）**驚歎句**—凡一完全之句，用驚訝或詠歎語氣，以表強烈感情者，曰驚歎句。

例：1.悚然而聽之曰：「異『哉』」（歐陽修〈秋聲賦〉）

2.天下豈有無父之國「哉」！（《左傳・晉獻公殺世子申生》）

3.皜皜乎不可尙「已」！（《孟子》）

4.使者出，子曰：「使『乎』！使『乎』！」（《論語》）

5.唯我與爾有是「夫」！（《論語》）

6.歸「與」！歸「與」！（《論語》）

例中用哉、已、乎、夫、與等助詞，以表驚訝或詠歎語氣，皆爲驚歎句。此類句中所用之助詞，多與決定句，或疑問句中之助詞相同，形式上頗不易辨別，須從語氣上求之。

（四）祈使句——凡一完全之句，用祈請或命令語氣，以表達其氣意者。曰祈使句。

例：1. 散問崇德，修慝，辨惑（《論語》）

2. 先生坐，何至於此（《國策．唐雎不辱使命》）

3. 僕未究其奧也，願先生卒教之（劉基〈司馬季主論卜〉）

4. 居，吾語女（《論語》）

5. 有復言令長安君爲質者，老婦必唾其面。（《國策．觸讋說趙太后》）

6. 齊宣王見顏斶曰：「斶前」（《國策．顏斶說齊王》）

例1、2、3，用祈請語氣，使對方順從己意；例4、5、6，用命令語氣，使對方遵從，此類祈使句，多於對話時用之，且其語氣亦不用助詞表達。

（丙）詞句之省略

古人作文，多惜墨如金。陸機〈文賦〉曰：「要辭達而理舉，故無取乎冗長。」是以句中稍有可省之處，概予省略，然亦不可專知省略，《日知錄》十九章〈繁簡〉云：「辭主乎達，不論其繁與簡也；繁簡之論興，而文亡矣！史記之繁處，必勝於漢書之簡處，新唐書之簡也，不簡於事而簡於文，其所以病也。」是以下筆爲文，務須謹慎，如有文意已達，不必再複言者，則省之；如有事寔、神態或理由，必重複言之，始可表達其意者，則必不可省也，茲就主詞、述詞、賓詞、介詞、聯詞等之省略，以及省句者，分別論之。

（一）省主詞

（一）省主詞——同主重疊句，其主詞已見於首句或末句，或因雙主正反相形，主詞不言可喻者，其餘句主詞皆可省略。又有所指泛及人人，不必表出主詞；或當對語，主詞即對語之人者，亦可省略。

例：1. 天台陳君庭學，能爲詩，由中書左司掾，屢從大將北征，有勞擢四川都指揮司照磨，由水道至成都（宗濂〈送天台陳庭學序〉）

2. 七月在野，八月在宇，九月在戶，十月蟋蟀入我床下（《詩・豳風》）

3. 不塞不流，不止不行（韓愈〈原道〉）

4. 見賢思齊焉，見不賢而內自省也（《論語》）

5. 有子問於曾子曰：「問喪於夫子乎」（《禮記．檀弓》）

例1爲連珠複句，各句同一主詞，已見於首句，故餘句主詞可省。例2鄭玄箋曰：「自七月在野至十月入我床下，皆謂蟋蟀也。」一主詞蟋蟀，已見於末句，故餘句可省。例3主詞佛老之道與聖人之道，屬正反兩面，不言可喻，故省略之。例4所指，泛及人人，不必表出主詞。例5爲有子與曾子當前對語，主詞即曾子，故可省略代詞汝字。

（二）**省述詞**—各句之述詞相同，其已見於首句者，則以下諸句述詞多可省。又句中之述詞爲同動詞是、爲等字時，例從省略。

例：1. 凡諸侯之喪：異姓臨於外；同姓於宗廟；同宗於祖廟；同族於禰廟（《左傳．襄公十二年》）

2. 人一能之，己百之；人十能之，己千之（《中庸》）

3. 爾之愛我也，不如彼（《禮記．檀弓》）

4. 仁智，周公未之盡也，而況於王乎（《孟子》）

5. 管仲夷吾者，潁上人也（《史記・管晏列傳》）

例1爲平列複句，各單句相同之動詞「臨」字，即見於首句，故以下諸句概從省略。例2爲兩從主複句，合爲一平列複句。每一主從複句中，首句之動詞「能」字，與下句同，故下句動詞從省。例3、4爲二用比較聯詞之主從複句。下句因與上句比較，故將述詞全部省略。例3彼字後，省「愛我」兩字；例4王字後，省「能盡仁智」四字；此種句法，述詞雖被省略，但語意仍顯然也，例5動詞爲同動詞「是」字，依習慣常予省略。

（三）省賓詞——上下句同一賓詞，其賓詞已見於上句，或下句者，則餘句之賓詞可省；亦有下句爲承接上句之意，則下句之賓詞，亦常省略。

例：1. 欲與太叔，臣請事之；若弗與，則請除之。（《左傳・隱公元年》）

2. 今齊求而得之，則必長爲魯國憂；君何不殺而受之其屍（《管子・小匡》）

3. 與人言，嘗大罵，未可以儒生說也。（《史記・酈生陸賈列傳》）

4. 穆王將征犬戎，祭公謀父諫曰：「云云」王不聽，遂征之（《國語・祭公諫征犬戎》）

5.齊師伐我，公將戰，曹劌請見（《左傳．曹劌論戰》）

例1上下句同一賓詞「太叔」，故下句「弗與」後，賓詞可省。依同理例2，「君何不殺」後省一賓詞「之」字。例3本應爲「與人言，嘗大罵儒生」，但已於下句見之，故儒生二字從省。例4「王不聽」，即「王不聽其言」，上下句雖非同一賓詞，但下句乃承接上句之言，故可省略。例5，「曹劌請見」即「曹劌請見公」之意，但公已爲上句之主詞，故下句公字可省。

（四）省聯詞—凡意爲對待，而理又易明之複句，其聯詞可省。

例：1.行有餘力，則以學文（《論語》）

2.夫志，氣之帥也；氣，體之充也（《孟子》）

3.寡人若朝於薛，不敢於諸任齒（《左傳．滕侯薛侯爭長》）

4.爲肥甘不足於口與？輕煖不足於體與。（《孟子》）

例中各句意均對待，而理又易明，故聯詞皆于省略。例1行字前省聯詞「若」字；例2氣字前省聯詞「而」字；例3不敢前省則字；例4輕煖前省抑爲兩字。

（五）**省介詞**——凡事理關係，一覽便明者，其介詞可省。被省略之介詞，以「於」、「以」兩字爲多。

例：1. 孟子居邹（《孟子》）

2. 桓公親迎之郊（《管子．小匡》）

3. 公語之故，且告之悔（《左傳．隱公元年》）

4. 縱江東父老憐而王我，我何面目見之（《史記．項羽本紀》）

例：1居之後省「於」字，例2郊之前亦省「於」字。例3故悔兩字前，皆省一「以」字，例4「何面目」前「以」字亦省。例中各句，雖將介詞省略，但其事理關係，仍一覽便明。

（六）**省句**——爲避免前後句之重複，或故作含蓄，使人推測體會，常有將整句省略者。

例：1. 王送知罃曰：「子其怨我乎？」對曰：「二國治戎，臣不才，不勝其任，以爲俘馘；執事不以釁鼓，使歸即戮，君之惠也。臣實不才，又誰敢怨？」王曰：「然則德我乎？」（《左傳·成公三年》）

2. 司馬錯欲伐蜀，張儀曰：「不如伐韓」（《國策·司馬錯論伐蜀》）

3. 鶯鶯焚香祝拜道：「此一炷香，願亡過父老早生天界；此一炷香，願高堂老母，百年長壽；此一炷香……」（《西廂記·酬韻》）

例1王曰：「然則德我乎」，「然則」爲承轉聯詞，其前必有一句，語氣方足；但知罃不怨王之意，已由上文申述，故「然則」前「子既不怨我」一句從省，以免重複。例2，「不如」爲比較聯詞，其完全句應爲「伐蜀不如伐韓」，因前句已言及伐蜀，故予省略，例4鶯鶯第三炷香，不言所願；蓋鶯鶯乃小姐身份，不便明言，而文章亦須如此省略，方見含蓄之妙。

（丁）詞句之繁複

詞句之省略，前已論之矣；然亦有特繁其辭，甚至挾字以足句，挾句以足章者，除飾語助詞已於〈助詞章〉中詳論外，尚有重辭與挾文二種。

（一）**重辭**—爲使辭句調適，而重複其辭者，謂之重辭。

例：1.十年「尚猶」有臭（《左傳·僖公四年》）

2.人喜「則斯」陶（《禮記·檀弓》）

3.不「遑暇」食（《書·無逸》）

4.「闔胡」嘗視其良，既爲秋柏之實矣，（《莊子·列禦寇篇》）

5.三命「滋益」恭（《家語》）

6.女「庸安」知吾不得之桑落之下（《荀子·宥坐篇》）

例中尚猶、則斯、遑暇、闔胡、滋益、庸安，皆重言也。此類重辭，故書中亦不多見，近代更希用之。

（二）**挾文**—古文中有挾字以足句，亦有挾句以足章者，統稱爲挾文。惟所挾多屬病詞，義實不諧，此古人未曾檢點處，初學者應引以爲戒。

例：1. 安知非「日」月，弦望自有時（李陵詩）

2. 「緩」急無可使者（《史記．扁鵲倉公列傳》）

3. 快耳「目」者，真秦之聲也（《史記．李斯列傳》）

4. 凶年，大夫不得造車「馬」（《禮記．玉藻》）

5. 潤之以「風」雨（《易．繫辭》）

6. 昔「衛靈公與雍渠同載，孔子適陳」；商鞅因景監見，趙良寒心；同子參乘，爰絲變色；自古而耻之。夫以中材之人，事有關於宦豎，莫不傷氣，而況於慷慨之士乎！（司馬遷〈報任少卿書〉）

例1，月有弦望，日則無之，安可兼言日月。例2，緩與急爲對待之詞，緩則不急。例3，聲可快耳，不可快目。例4，車可造而馬不可造。例5，雨潤萬物，風則不能。各例句皆有病處，日、緩、目、馬等皆被挾以足句也。至如例5，孔子非中材之人，而與趙良、爰絲等人並論，亦爲病處。乃挾句以足章也。

主要參考書目

馬建忠《馬氏文通》
楊樹達《高等國文法》
王引之《經傳釋詞》
劉　淇《助字辨略》
丁　晏《親筆批註之斯文精粹》
張汝舟《國文文法講義》
張　相《詩詞曲語辭匯釋》
俞　樾《古書疑義舉例》
黎錦熙《黎氏國語文法》
譚正璧《國文文法》
呂淑相《中國文法要略》
劉　復《中國文法通論》

國家圖書館出版品預行編目資料

國文文法纂要 / 吳祥熊著. -- 初版. -- 臺北市：蘭臺, 2012.12
面；公分. -- (蘭臺國學研究叢刊. 第一輯；8)
ISBN：978-986-6231-44-5（平裝）
1.漢語語法
802.6　　101013835

蘭臺國學研究叢刊 第一輯 8

國文文法纂要

作　　者：吳祥熊
編　　輯：郭鎧銘
封面設計：鄭荷婷
出 版 者：蘭臺出版社
發　　行：蘭臺出版社
地　　址：台北市中正區重慶南路1段121號8樓之14
電　　話：(02)2331-1675或(02)2331-1691
傳　　真：(02)2382-6225
E—MAIL：books5w@yahoo.com.tw或books5w@gmail.com
網路書店：http://store.pchome.com.tw/yesbooks/
http://www.5w.com.tw/lanti/
http://www.5w.com.tw、華文網路書店、三民書局
總 經 銷：成信文化事業股份有限公司
劃撥戶名：蘭臺出版社 帳號：18995335
網路書店：博客來網路書店 http://www.books.com.tw
香港代理：香港聯合零售有限公司
地　　址：香港新界大蒲汀麗路36號中華商務印刷大樓
C&C Building, 36,Ting, Lai, Road, Tai,Po, New,Territories
電　　話：(852)2150-2100　傳真：(852)2356-0735
出版日期：2012年12月 初版
定　　價：新臺幣1200元整（精裝）
ISBN：978-986-6231-44-5
套書定價：新臺幣12000元整（精裝）
ISBN：978-986-6231-56-8